마음이 쉬어가는 곳 벙커

280일,

너와 함께

글을 쓴

행복한 시간

추정경 지음

the Bunker

벙커

마음이 쉬어가는 곳

다섯
책방

목 차

암모니아 7

그날의 김하균 10

노들섬의 소년 32

신의 아이들 50

그놈의 일기 82

김 사장과 김 할아버지 122

운동화의 진짜 주인 151

각성 198

게르 242

작가의 말 246

암모니아

　김하균을 제외한 교실의 모든 아이들이 손을 들었다. 하균은
주변 아이들 모두 맡은 냄새를 자기만 맡지 못했다는 사실을 깨
닫고 당황한 듯 얼굴을 붉혔지만 끝까지 주장을 굽히지는 않았
다. 녀석이 고집을 꺾지 않으리란 걸 안 선생님은 조용히 시약
뚜껑을 닫았다. 그리고 다시 물었다.

　"하균이 자리에선 아직도 냄새가 안 나니?"

　"네."

　조금 의기소침해진 목소리였지만 녀석의 대답은 변함없었다.

　"뭐야, 저 새끼!"

　"미친 새끼! 콧구멍 막힌 거 아냐?"

　"자기 구린내랑 헷갈렸나 보지."

아이들은 하균을 힐끔거리며 한마디씩 내뱉었다.

괴짜로 유명한 녀석이었지만 괜히 튀고 싶어 그런 것처럼 보이지는 않았다. 사실은 내 생각도 녀석과 같았다. 암모니아는커녕 시골 똥뒷간 냄새 비슷한 것조차 맡을 수 없는 건 분명 내 코 점막의 문제만은 아닌 듯했다.

교실의 모든 창문과 문을 닫고 암모니아 확산 실험을 하던 날, 선생님은 눈에 보이지 않는 기체가 공기 중에 어떻게 퍼져 나가는지 눈으로 보여 주기 위해 냄새를 맡은 아이들에게 손을 들라고 말했다.

1분단 앞줄부터 차례로 손이 올라가고 곧이어 반 전체가 암모니아 확산에 동참했다. 하지만 하균은 마지막까지 손을 들어 올리지 않았다.

반 아이들은 녀석의 튀어나온 못 같은 그 괴짜 기질을 은근히 조롱하며 야유를 보냈다. 그러나 담임 선생님의 입에서 나온 이야기는 우리의 예상과는 전혀 다른 것이었다.

"이 시약병 속에 든 건 암모니아가 아니야."

그 말이 끝난 후 몇 초간의 정적이 흘렀다. 초등학교 6학년이었던 우리는 선생님의 말에 담긴 뜻을 한 번에 헤아리지 못했다.

"이건 그냥 무색무취의 평범한 물이야. 그런데 너희는 왜 냄새를 맡았다고 손을 들었을까?"

순간 낯이 뜨거워진 건 나뿐만이 아니었다.

아이들은 그제야 이 실험의 숨겨진 의도를 눈치채고 당황한 듯 입을 다물었다.

"우리 반 서른여섯 명 중 단 한 명을 뺀 서른다섯 명이 맡았다고 손을 든 암모니아 냄새는 처음부터 존재하지도 않았어. 이 실험은 너희가 어떻게 다른 사람들의 행동에 휩쓸려 자기 생각을 포기하는지를 보여 주는 실험이야."

그 말은 주변 눈치 때문에 슬그머니 손을 올릴 수밖에 없었던 우리를 부끄럽게 했다. 지금이라면 과학 실험을 핑계로 순진한 초등학생을 낚은 거라고 선생님에게 대거리라도 했을 테지만 그때는 아직 부끄러움에 솔직한 나이였다.

"자기 생각, 자기 신념이 있다면 모든 사람이 손을 들더라도 그렇게 좇아갈 필요가 없다는 말이야. 다른 사람을 따라 손을 들어 올리기 전에 언제든 아니라고 생각될 때 그걸 멈출 수 있는 브레이크가 있는지부터 잘 살펴보자."

아이들은 멋쩍은 듯 주위를 둘러보고 있었다. 씁쓸했다. 뒤늦은 후회와 김하균에 대한 부러움이 밀려와 오래도록 가슴에 남았다. 나는 담임 선생님의 눈길이 녀석에게 오래 머무는 것을 보았다. 머쓱하게 미소 짓던 녀석의 표정도 잊히지 않는다.

3년 전, 열세 살의 김하균은 제 목소리를 낼 줄 알던 멋진 놈이었다.

그때의 녀석은…… 그랬다.

그날의 김하균

이미 7월에 접어들었는데도 노들섬의 오후 공기는 시원하다 못해 차갑기까지 하다.

문자 메시지에 적힌 오후 7시 55분까지는 아직 5분의 여유가 있다. 눈을 감고 시계태엽을 아침으로 되감아 보았다.

아무리 되감아도 그때로 돌아갈 수 없다는 걸 알면서도 나는 다시 아침으로 시간을 되돌렸다. 천천히 오늘 아침 사건이 일어나기 전으로 돌아가 녀석과 처음 마주쳤던 그 순간부터 지금에 이르기까지 내가 놓치거나 가볍게 지나쳐버린 것들을 되짚어 보았다.

오전 7시 30분, 아이들이 거의 등교하지 않은 이른 시각에 녀석이 교실 문을 열고 들어온다. 앞줄에 앉은 나는 4분단 끝줄에 앉은 녀석과 서로 인사 한마디 나누지 않는다.

그나저나 지각을 밥 먹듯이 하는 녀석이 웬일일까? 김하균이 이 시각에 얼굴을 내미는 것은 처음 있는 일이다. 녀석은 밤잠을 못 잔 듯 초췌한 얼굴이다. 까치집을 지은 머리하며 구겨진 교복 와이셔츠와 세수조차 하지 않은 듯한 푸석한 얼굴이 마치 가출 소년을 연상케 하는 모습이다.

잠깐 눈이 마주쳤지만 늘 그렇듯 누가 먼저랄 것도 없이 서로 고개를 돌린다. 우리는 서로를 아는 체하지 않는다. 중학생이 된 후 녀석이 너무 변해버렸기 때문이다. 가짜 암모니아 확산 실험에서 유일하게 자기 소신껏 행동했던 '멋진 놈' 김하균은 이제 없다. 그 자리엔 반 아이들에게 푼돈이나 뜯는 한심한 짝퉁 일진이 있을 뿐이다.

3학년이 되어 같은 반이 되었을 때도 스치는 경우가 잦아졌을 뿐 녀석과 반장인 나의 감정적 거리는 좁혀지지 않았다. 머리카락과 옷에서 늘 담배 냄새를 풍기는 자타 공인 문제아 녀석을 나는 일부러 모른 척했고 녀석도 괜한 알은체로 말을 섞지 않았다.

김하균은 친하게 어울리는 친구가 별로 없었다. 어울리기보다 괴롭히기를 좋아하고, 대화를 나누기보다 고함치는 데 익숙한 녀석에게 마음을 툭 터놓고 지내는 사람이 있을 리 만무했다. 나 역시 녀석이 쌓아 올린 견고한 담벼락 안을 들여다보는 일 따위에 힘을 쏟기보다 덮어놓고 나쁜 새끼라고 생각하는 쪽이 편했다. 녀석이 왜 그런 폭력적인 아이가 되었는지 그 이유 따위는 알고 싶지도, 이해하고 싶지도 않았다.

같은 아파트에 사는 아이가 김하균의 험담을 늘어놓았다. 녀석이 삐딱선을 탄 데는 온 동네를 떠들썩하게 만들었던 시끄러운 가정사가 한몫을 했을 거라는 얘기다. 물론 이야기를 전해준 아이도 부녀회를 자주 드나드는 제 엄마가 다른 아줌마를 통해 전해 들은 출처를 알 수 없는 소문을 옮긴 것에 불과했다.

"쟤 1학년 때부터 유명했어. 맨날 눈탱이 밤탱이 돼서 학교에 왔거든. 쟤네 아빠 진짜 무섭대. 성적 안 나온다고 때리고, 친구들이랑 피시방 놀러 갔다고 때리고, 애를 개 패듯이 패놔서 구급차에 실려 간 적도 있대."

듣고 싶지 않은 이야기라도 두 귀가 열린 이상 들을 수밖에 없었다. 다른 아이들은 김하균의 험담을 들으며 모종의 통쾌함을 느끼는 듯했다.

"웃긴 게 뭔지 아냐? 쟤네 아빠가 새아빠라는 소문까지 있다는 거야. 새아빠라서 애를 그렇게 반죽음이 되도록 팬다나 뭐라나. 진짜 웃기지 않냐? 새아빠면 남의 애가 공부를 잘하든 말든 무슨 상관이냐고."

아이들은 잠시 녀석에 대한 연민을 느끼는 듯했지만 그뿐이었다. 서로 더 이어갈 말이 없어졌는지 곧 긴 침묵이 찾아왔다. 김하균의 아빠가 새아빠이건 친아빠이건 김하균이 폭력을 쓰는 인간 말종이 된 것을 정당화해 주지는 못했고 김하균은 여전히 거리를 둘 수밖에 없는 존재로 남았다.

반 아이들 중 김하균에게 여러 가지 이유로 돈을 뜯기거나 괴롭힘을 당하지 않는 아이는 드물었다. 아이들은 녀석이 두려워 어쩔 수 없이 돈이나 물건을 내주었지만 등 뒤에서는 녀석을 욕했다.

진짜 일진 축에도 못 끼는 한심한 놈! 너 같은 새끼는 언젠가 한번 된통 당해야 된다고.

아이들이 그렇게 말하는 건 당연한 일이다. 나도 같은 생각이었으니까. 하지만 내가 그 일에 앞장서게 되리라곤 꿈에도 예상치 못했다.

도대체 내가 왜 그랬을까? 잠시 무언가에 홀렸던 걸까?

시계태엽은 악몽 같았던 그 순간에 다시 멈춰 섰다.

12시 50분, 점심을 먹은 아이들이 하나둘 몰려들어 교실은 왁자지껄한 시장 통이 되었다. 하지만 김하균은 내내 무언가를 골똘히 생각하는 듯 심각한 얼굴로 앉아 있었다. 녀석이 어울리지 않게 깊은 한숨을 내쉬며 일어나려는 순간 우윤석이 그 앞에

다가와 섰다. 윤석은 우물쭈물 한참을 망설이고 있었다.

"뭐야?"

"저…… 내 카드."

"뭐?"

"우리 엄마 신용 카드…… 너 어제 학원비 낸다고 갖고 갔잖아."

"어제 학원 못 갔어."

"돌려줘. 엄마가 오늘은 꼭 가지고 오래."

"놔두고 왔다고 하면 되잖아."

"오늘도 두고 오면 엄마가 분실 신고 한댔어."

"죽고 싶냐?"

김하균이 윤석의 어깨를 밀치며 말했다. 하지만 녀석에게 늘 당하기만 하던 윤석도 이번만큼은 단단히 결심한 듯 물러서지 않았다.

"지난달 치만 쓴다고 했잖아. 이번 달까지 그러면 엄마가 의심해."

"그래서 뭐?"

"돌려달라고. 안 그러면 우리 엄마가…….""

픽!

그 순간 하균의 주먹이 녀석의 왼쪽 뺨을 정통으로 가격했다. 그리고도 분이 풀리지 않는지 바닥에 쓰러진 윤석에게 무참히 발길질을 해댔다. 여자아이들이 비명을 지르고 반 아이들 몇몇이 하균을 노려보았지만 그뿐이었다. 친구의 카드로 자신의 학원비를 내고 제가 받은 현금은 몰래 써버리는 녀석을 경멸하면서도 정작 그 앞에선 누구도 입을 열지 못했다.

권력이라는 것은 달리 만들어지는 게 아니었다. 한 번 힘을 가했을 때 강하게 반발하면 사그라지고, 조금이라도 위축되고 단단해지면 그 위에 세워지는 게 권력이었다. 힘을 가했을 때 순식간에 움츠러들어 납작해진 윤석을 보며 김하균이 더욱 기세등등하게 나오는 건 어쩌면 당연한 일이었다. 아이들은 힘없는 아이 위에서는 군림하면서 자신보다 강한 일진 앞에서는 적당히 몸을 사리는 김하균의 비겁한 태도를 비웃으면서도 감히 녀석에게 맞서지는 못했다.

녀석에 대한 인내심의 바늘이 아슬아슬하게 평정심과 분노 사이를 오가고 있었다. 녀석은 바닥에 엎드린 채 일어나지 못하는 윤석의 등을 발로 툭툭 걷어차며 말했다.

"야, 일어나."

"으……."

윤석은 배를 움켜잡고 힘겹게 일어섰다.

"수업 시간에 조용히 엎어져 있어. 고개 들었다간 내 손에 죽는다."

윤석은 비척대며 일어나더니 자기 자리로 가 엎드렸다. 선생님이 윤석을 깨우지 않고 무심히 넘어가리란 걸 녀석과 우리들 모두 잘 알고 있었다. 김하균은 반 아이들이 뻔히 지켜보는 교실에서 윤석을 때리면서 그 뒷일을 생각하지 못할 바보는 아니었다. 녀석은 아무도 자신을 말리지 않으리란 것과 그 교실이 관심의 사각지대라는 것을 잘 알고 있었다. 나는 그 사실에 더 화가 났다. 녀석은 주머니에서 윤석의 신용 카드를 꺼내 두 동강 내어 던지며 말했다.

"이 찐따 같은 새끼야! 분실 신고나 하라고!"

하균이 다시 손을 들어 올렸다. 겁을 먹은 듯 잔뜩 웅크린 윤석의 모습은 차마 눈 뜨고 볼 수 없을 정도로 비참해 보였다. 그때였다.

"김하균, 그만 좀 해!"

보다 못한 이자영이 김하균의 앞을 가로막았다. 이자영이 김하균을 막아선 것은 조금 의외였다. 공부 잘하고 똑똑해 입바른 소리 잘하는 이자영조차 김하균에 대해서만큼은 모르쇠로 일관해 온 터였다.

"넌 또 뭐야?"

"이제 윤석이한테 이딴 일 시키지 마."

"어딜 끼어들어? 죽고 싶냐?"

"너 진짜 해도 해도 너무하는 거 아냐?"

"야, 네가 뭔데? 네가 저 찐따 새끼 엄마라도 돼?"

"그동안 참았는데 더 이상은 못 봐주겠다. 너 진짜 쓰레기 같아. 5반 진호 같은 일진 밑에선 발발 기면서 만만한 윤석이한테 일진 흉내 내는 거 웃기지 않아?"

"뭐? 보자 보자 하니까 이게 오늘 뚜껑 열리게 만드네."

"이제 그만 좀 하란 말이야."

"그래, 김하균!"

자영의 곁에 있던 여자애들도 팔을 걷어붙이고 하균을 몰아세웠다.

"이것들이 세트로 미쳤나!"

"어휴, 재수 없어! 일진인 척하는 찐따 주제에 학교는 왜 다니나 몰라."

한 여자아이의 비웃음 섞인 목소리가 모두의 귀에 날카롭게 박혔다. 화가 난 김하균이 그 여자아이에게 다가가려는 찰나 자영이 또다시 그 앞을 막아섰다.

"그만해!"

"비켜!"

김하균이 자영의 멱살을 움켜쥐며 벽으로 밀어붙이자 아이들이 웅성거리며 그 주위로 몰려들었다. 하지만 자영은 머리끝까지 화가 난 하균 앞에서도 눈 하나 깜짝하지 않았다. 놀란 아이들이 하균을 뜯어말리려 했지만 오히려 표정 하나 바뀌지 않고 태연한 것은 자영이 쪽이었다.

그런 상황에서 보통 평범한 여자애라면 겁부터 집어먹는 게 정상이겠지만 당찬 자영은 달랐다. 마치 오래전부터 속에 꾹꾹 눌러 담아 온 화를 한꺼번에 터뜨리듯 그 애의 조그만 입이 쉴 새 없이 하균의 얼굴에 오른쪽, 왼쪽 원투 펀치를 날렸다.

"애들이 널 무서워한다고 생각하지? 웃기지 마. 무서워하는 게 아니라 널 싫어하는 거야."

"닥쳐라!"

"김하균, 너 집에서 두들겨 맞고 다닌다며?"

"닥쳐!"

"네 아빠가 개 패듯이 팬다며!"

"닥치라고!"

왜 그 순간 김하균이 상처받은 얼굴로 자영을 밀쳤는지 모르겠다. 하지만 우악스럽게 멱살을 놓는 바람에 자영의 블라우스 단추 하나가 떨어져 조용한 교실 한복판을 또르르 굴렀고, 자영의 한쪽 어깨가 드러나는 민망한 장면이 연출되었다. 벌어진 블라우스 사이로 속살이 내비치자 당황한 주변 여자아이들이 자영의 어깨를 감싸고 교실 밖으로 데리고 나갔다. 주변에 서서 그 모습을 지켜보던 아이들의 눈동자에 번쩍 증오의 불빛이 켜졌다.

"야, 김하균! 이제는 하다 하다 변태 짓까지 하냐?"

화가 난 여자아이들이 하균을 파렴치한으로 몰아가자 녀석이 옆에 있던 의자를 던지며 성질을 부렸다. 겁에 질린 여자아이들이 비명을 질렀다. 그때 난데없이 기혁이 끼어들어 김하균의 등을 벽으로 떠밀었다.

"야, 이 새끼야!"

"넌 또 뭐야?"

"이 변태 같은 새끼가!"

기혁이 김하균에게 주먹을 날렸다. 하지만 생전 싸움 한번 해본 적 없을 것 같은 기혁의 주먹은 맥없이 빗나가 허공을 갈랐다. 그 틈을 타 하균의 주먹이 날아들었다. 녀석은 타고난 싸움꾼이었다. 전혀 예기치 않은 순간에 상대의 허점을 파고드는 것, 그게 일진에 끼지는 못해도 녀석을 함부로 대할 수 없는 이유였다.

그런데 기혁은 생각보다 만만치 않았다. 기혁이 잽싸게 몸을 피하고 다시 주먹을 날림과 동시에 김하균의 주먹도 기혁을 향했다. 급하게 휘두른 기혁의 주먹은 김하균의 왼쪽 턱으로 날아들었다. 그런데 다음 순간 내 왼쪽 턱 아래가 부서지는 듯 얼얼한 느낌이 들었다.

기혁의 주먹이 김하균이 아닌 옆에 있던 내 얼굴에 내리꽂혔기 때문이다. 생전 처음 느껴보는 생경한 아픔과 공포에 온몸이 휘청거렸다.

순간적으로 눈앞이 어두워졌다.

누군가가 교실의 불을 모두 껐다가 다시 켠 듯 일순간 불빛이 돌아왔다.

눈조차 뜰 수 없을 만큼 강렬한 빛에 정신을 차린 순간 눈앞에 성난 아이들의 얼굴이 보였다. 욱하는 마음에 나도 모르게 주먹이 뻗어 나갔다. 본능적으로 내지른 내 주먹에 김하균의 몸이 휘청거리는 게 보였다. 휘청대던 녀석은 민석이 내민 다리에 걸려 뒤로 나동그라졌다.

그때 누군가가 김하균의 옆에 있던 책상을 치웠다. 하균의 주위에서 끼익하는 소리를 내며 하나둘 치워져 가는 책걸상들은 묘한 공포심을 불러일으켰다. 사전에 미리 논의를 한 행동이 아닌 전혀 예상치 못한 집단행동이었다.

무언가 서늘한 기운이 등줄기를 타고 흘러내렸다.

하균을 제외한 모든 아이들 사이로 또다시 실체 없는 냄새가 확산되고 있었다. 우리는 김하균이라는 놈이 눈앞에서 사라졌으면 하는 생각을 응징이라는 이름으로 덮었다. 또 한 번 우리는 무색무취의 냄새에 하나둘 손을 들어 올리고 있었다.

사태를 방관하며 물러서 있던 아이들이 조금씩 빈 공간으로 들어와 나와 하균을 에워쌌다. 윤석의 저항, 자영의 비난, 기혁의 응징은 아이들 사이로 이상한 기류를 불러일으켰다. 교실은 폭풍 전야처럼 고요했다. 분위기를 감지한 여자아이들 몇몇이 밖으로 나가자 4분단 앞뒤에 있던 두 아이가 문을 닫고 몸으로 입구를 막아섰다. 아무도 동의하지 않았지만 아무도 반대하지 않는 이상한 모의가 시작되었다. 등골이 서늘해졌다.

김하균은 아직 정신을 차리지 못한 채 그대로 교실 바닥에 엎어져 있었다. 누군가가 하균의 등에 발길질을 했다. 곧이어 수많은 발들이 그동안 억눌러 왔던 증오심을 쏟아내듯 하균을 짓밟았다. 아무런 저항 없이 고꾸라진 그의 등에 점점 더 많은 발길질이 가해졌다.

5교시 수업 종이 울리기 전 불과 몇 분 동안에 벌어진 일이었다. 종이 울리자 문이 열리고 밖에 있던 아이들이 어리둥절한 표정으로 자리에 돌아왔다. 집단 구타에 가담했던 아이들은 서둘러 책걸상을 제자리로 옮겼다. 김하균만이 둥글게 몸을 만 채로 바닥에 쓰러져 있었다. 5교시는 담임의 영어 수업이었다.

아이들은 조용히 눈빛을 주고받았다. 그러고는 쓰러져 있는 김하균의 팔다리를 하나씩 붙잡아 녀석의 자리로 옮겼다. 축 늘어진 김하균의 몸이 책상 앞으로 고꾸라지자 민석이 녀석의 뒤통수를 치며 말했다.

"수업 시간에 고개 들지 마, 새끼야!"

몇 분 전에 김하균이 윤석에게 했던 행동 그대로였다.

방관자이자 공모자인 반 아이들 모두가 침묵했다.

드르륵 문이 열렸다. 교탁 앞으로 걸어오는 담임의 발소리가 오늘따라 유난히 크게 울렸다. 출석부를 펼치던 담임의 눈이 자리에 웅크리고 누워 있는 하균에게 꽂혔다.

"거기 누구야?"

"김하균이요."

누군가가 대답했다.

"너 이 새끼, 종 친 지가 언젠데…… 벌떡 안 일어나?"

담임의 호통에도 김하균은 일어나지 않았다. 녀석이 고개를
들지 않는 건 민석이가 한 말 때문이라기보다 창피함이 더 커서
라고 생각했다.

"많이 아픈가 봐요."

민석이 대신 대답하자 몇몇 아이들이 그 말의 의미를 눈치채
고 키득거렸다.

"아예 학교에 주무시러 오시는구먼. 요새는 니들이 상전이다,
상전!"

다시 하균을 깨우는 사람은 없었다.

그 후 6교시까지 녀석은 엎드린 채 미동도 하지 않았다. 청소
시간에도 아이들은 마치 유령을 대하듯 녀석의 자리만 덩그러
니 남겨둔 채 주위를 쓸기만 할 뿐이었다. 하균이 점심시간 이
후 그 자리에 고꾸라져 잠든 건 평소와 다름없었으니 아이들도
저마다 그런가 보다 생각했을 뿐 누구 하나 녀석에게 관심을 가
지는 사람은 없었다.

나는 이 순간을 두고두고 후회했다. 만약 누군가 가까이 다가

가 녀석을 깨우기라도 했다면 상황은 달라졌을까?

아니다. 이미 지나가버린 과거가 단 하나의 행동으로 바뀔 거라는 건 부질없는 생각이다.

청소가 끝난 후 한참 만에 담임이 들어왔다. 통신문을 나눠주는 담임의 레이더에 다시 하균의 굽은 등이 포착되었다.

"김하균, 일어나!"

녀석이 아무런 반응도 보이지 않자 담임의 얼굴이 딱딱하게 굳었다.

"매 벌지 말고 말로 할 때 일어나라."

그 순간 무언가가 잘못되었다는 예감과 함께 섬뜩함이 등줄기를 타고 흘렀다. 저벅저벅 4분단 끝으로 걸어간 담임이 녀석의 뒷덜미를 잡아 일으켰을 때, 우리 모두는 공포에 질려 소리 없이 비명을 질렀다. 녀석이 누워 있던 책상에 흥건하게 고인 피, 초점 없는 텅 빈 눈동자, 코와 입에서 쉴 새 없이 흘러내리는 핏줄기가 보였다.

"야, 김하균! 김하균! 얘 언제부터 이런 거야?"

그 순간 나는 자리에서 벌떡 일어섰다. 그리고 무언가에 홀린 사람처럼 하균에게 다가갔다.

"반장, 어떻게 된 거야?"

"……."

나는 녀석의 초점 없는 눈빛에 충격을 받아 말문이 막혔다.

"반장은 119에 전화하고 하균이 소지품 챙겨서 날 따라오고! 아니다, 됐다. 나머지는 알아서들 가라."

담임이 하균을 들쳐 업자 한 아이가 심드렁한 말투로 말했다.

"쌤, 요새는 구급차가 졸라 빨라요."

"시끄러!"

담임은 웅성대는 아이들 사이를 비집고 한걸음에 운동장으로 달려갔다. 나는 얼떨결에 그 뒤를 쫓아갔다. 김하균의 입에서 흘러내린 피가 담임의 베이지색 셔츠를 흥건히 적시는 걸 보며 터져 나오려는 비명을 꾹꾹 눌러 담았다. 노란 신호에도 가속 페달을 밟으며 이리저리 질주하는 담임의 차 안에 앉아 있자니 속이 울렁거렸다. 힘이 쭉 빠져 팔다리가 대롱거리는 녀석을 업고 응급실로 뛰어 들어간 담임은 곧장 의사에게로 돌진했다. 나는 의사와 간호사 들이 달라붙어 하균의 교복 소매와 바짓단을 가위로 북북 찢는 걸 멍하니 바라보았다. 가위가 녀석의 다리를 서늘하게 훑고 지나가며 바지를 찢는 순간, 친절한 누군가가 반쯤 치켜뜬 녀석의 눈을 감겨주었다.

간호사가 녀석의 바지 주머니에서 꺼낸 휴대폰과 피로 얼룩진 녀석의 운동화를 침대 옆에 놓았다. 누가 시키지도 않았건만 챙겨야 한다는 의무감에 녀석의 물건들을 집어 들었다. 의사가 다급하게 담임에게 물었다.

"언제부터 의식이 없었어요?"

"그게 계속 엎드려 있었는데……."

담임의 시선이 김하균에게로 꽂혔다.

나는 차마 '5교시 수업 종 치기 전 애들이 발로 밟은 다음에요'라는 말은 하지 못했다.

북북 잘려 나간 옷들이 침대 아래로 떨어졌고 등에 깔린 마지막 교복 조각을 빼내려 녀석을 옆으로 돌려 눕혔을 때, 거기 서 있던 모든 이들의 눈에 검붉은 피멍으로 얼룩진 등과 허리가 들어왔다. 의사의 눈이 담임에게로 향했다. 이런 일이 어떻게 수십 명이 있는 교실 안에서 일어날 수 있었는지 담임조차 말문이 막힌 듯했다.

"도대체 어떻게……."

어리둥절한 담임보다 더 빨리 사태를 파악한 의사가 담임에게 물었다.

"누구한테 맞았나요?"

"모르겠습니다. 상태가 심각한가요?"

"글쎄요. 정밀 검사를 해봐야겠지만 이건 하루 이틀 된 멍 자국이 아닌 거 같은데요."

"네?"

"오랫동안 폭행당한 상처로 보입니다. 빨리 이 학생 부모님한테 연락하셔야 될 것 같습니다."

얼어붙은 담임의 표정은 이 사건이 불러올 엄청난 파장을 예고하고 있었다.

누군가가 마시지도 않고 놓고 간 커피가 담긴 종이컵이 눈에
들어왔다. 아직 온기가 남아 있는 종이컵을 꼭 쥐어보았지만 여
전히 손이 덜덜 떨렸다. 하균의 부모님에게 전화하러 갔던 담임
이 돌아오고 있었다. 이 이야기를 어느 정도 전했을지, 담임은
어디까지 사태를 파악했을지 시간이 갈수록 조금씩 두려움이
엄습했다.

축 늘어진 담임이 옆자리에 털썩 앉았다.

담임은 교실에서 신던 슬리퍼를 그대로 신고 있었다. 정신없
이 뛰어오느라 신발을 갈아 신을 새도 없었던 모양이다. 그때
뒤늦게 담임의 호출을 받고 달려온 부반장이 복도로 뛰어 들어
왔다.

"헉헉, 선생님!"

"왔냐?"

"교장 선생님이 지금 전화 달라고 하셨어요."

"알았다. 근데 이 자식 일진이랑 붙은 거냐?"

"아뇨, 교실에서 애들이랑……."

"교실에서?"

"네, 몇 명이 하균이 하나를 때렸다고……."

"이 새끼들이! 누구누구야? 이름 대봐!"

"그건 저도 잘……. 전 화장실 갔다가 복도에서 애들 웅성거리는 소리만 들었어요. 앞뒤 문이 다 잠겨서 들어가보지는 못했고요."

"어휴, 때린 놈이나 맞은 놈이나."

담임의 미간에 또다시 깊은 주름이 패였다.

"애썼다. 가봐라."

"저, 여기 하균이 가방이요."

부반장이 녀석의 가방을 담임에게 내밀었다.

"학교에 자러 오는 녀석이 가방은 왜 이렇게 무거워?"

담임은 혼잣말을 하다 혀를 끌끌 찼다.

"고생했다. 조심해서 가고."

"네."

담임은 하균의 가방을 내 옆에 툭 던져놓고 화장실로 향했다. 가방에 녀석의 운동화를 쑤셔 넣는 사이 부반장은 인사도 없이 쌩하니 가버리고 나만 복도에 덩그러니 남았다. 그때 양쪽 바지 주머니에서 동시에 휴대폰의 진동이 울렸다.

- 저녁 7시 55분 한강 노들섬으로 와!
- 저녁 7시 55분 한강 노들섬으로 와!

녀석과 내 휴대폰에 동시에 같은 문자 메시지가 도착해 있었다. 반 아이들의 장난인가?

발신 번호도 없는 이상한 문자 메시지라 별 생각도 없이 삭제했다. 마음이 온통 김하균에게로 쏠려 있어 이따위 문자 메시지에 신경 쓸 여유는 없었다. 병원 문을 나서려는 순간 허겁지겁 택시에서 뛰어내려 달려오는 한 아주머니와 마주쳤다. 짧은 파마머리의 아주머니는 갈지자로 휘청대며 다급하게 복도로 뛰어들었다. 한눈에 보기에도 하균과 쏙 빼닮은 하균의 엄마였다. 때마침 화장실에서 나오던 담임이 그 아주머니와 마주쳤다. 아주머니는 실성한 사람처럼 담임을 잡고 다급하게 물었다.

"어떻게 된 겁니까, 선생님?"

"아이들 사이에 주먹다짐이 있었나 봅니다."

"우리 하균이처럼 착한 애가 싸움이라니요? 왜 이런 일이 ……."

하하, 김하균 그 새끼가 착하다고?

이 심각한 상황에서 헛웃음이 새어 나왔다.

아주머니의 시선이 복도 끝에 선 내게로 향하자 나는 애써 그 눈길을 피해 밖으로 나와버렸다. 만약 아주머니가 나를 붙잡고 자초지종을 물었다면 나는 아주머니가 철석같이 믿는 그 착한 아들의 실체에 대해 이렇게 털어놨을 것이다.

'아줌마, 김하균이란 놈은요, 아줌마가 착하다고 믿어 의심치 않는 그 아들이 우리에겐 세상 둘도 없는 지독한 놈이었다고요.

비겁하다는 걸 알면서도 녀석을 단체로 두들겨 패주고 싶을 만큼이요. 몇 대 맞아서 정신을 차린다면 주먹질한 보람이 있다는 생각마저 들 만큼이요.'

나도 모르게 푹 한숨이 새어 나왔다.

이 와중에 학원에 늦어서 엄마에게 잔소리를 들을까 봐 새삼스레 걱정되었다. 그때 또다시 이상한 문자 메시지가 도착했다.

- 저녁 7시 55분 한강 노들섬 남쪽.

장난이라기엔 묘한 여운을 주는 문자였다. 서둘러 집으로 걸어가고 있는데 같은 반 민석이로부터 문자가 도착했다.

- 병국이가 동영상 찍었대.

민석은 병국이 찍은 3분짜리 짧은 동영상을 보내 주었다. 동영상은 김하균이 자영의 멱살을 움켜쥐는 순간부터 녀석이 주먹질을 하는 장면까지 찍혀 있었다. 정작 하균이 땅바닥에 쓰러진 뒤 다른 아이들이 집단으로 녀석을 짓밟는 문제의 장면은 없었다. 하균의 주먹질에만 포커스를 맞춘 동영상을 보내온 데는 석연치 않은 의도가 숨어 있는 듯했다.

띠링. 또다시 문자가 도착했다. 문자를 읽을까 말까 망설이는 사이 어느새 한강대교를 건너고 있었다. 강바람이 요란한 소리를 내며 셔츠 단추 사이로 파고들었다.

교복 주머니 양쪽에서 띠링띠링 울리는 수신 음이 문자를 읽으라고 재촉해댔다.

이번에도 민석이 다른 동영상 하나를 보내왔다. 이 영상은 5교시가 시작되고 김하균이 책상에 엎드려 잠을 자는 듯한 모습을 담고 있었다. 반 전체에게 단체 메시지를 보내느라 이번 사건의 당사자인 김하균에게도 동영상을 전송해준 아이들의 무심함에 한숨이 새어 나왔다. 나는 그 동영상을 들여다보고 또 들여다보았다.

아무리 생각해도 부끄러운 면죄부였다. 이 면죄부를 받고 얼어붙었던 가슴을 쓸어내리고 있을 아이들의 얼굴이 떠올랐다.

오후 7시 50분, 드디어 길었던 하루해가 지기 시작했다.

오늘 하루 동안의 시계태엽이 모두 감겼다.

내 기억은 사고가 일어났던 그 순간에 갇힌 채 쳇바퀴처럼 맴돌고 있었다.

아무리 되돌려봐도 어디서부터 잘못된 건지 알 수가 없다. 윤석을 때린 김하균이 나쁜 건지, 김하균 하나를 집단 폭행한 여섯 명의 아이들이 나쁜 건지, 그걸 보고도 입을 다물고 방관한 다른 아이들이 잘못한 건지 알 수가 없다.

또다시 지독한 암모니아 냄새가 교실 전체에 퍼지고 있었다.
모두가 맡았지만 아무도 손을 들지 않는 지독한 냄새가.

노들섬의 소년

젠장! 어쩌다 노들섬으로 온 거야?

걷다가 정신을 차리고 보니 노들섬의 강둑 위였다. 작정하고 노들섬 아래로 내려온 것은 아니었다.

그따위 이상한 문자가 내리 몇 백 통이 온대도 노들섬을 찾아 문자의 진위를 확인할 만큼 나는 시간이 남아돌거나 할 일 없는 인간이 아니다. 확실히 사람 정신을 쏙 빼놓는 이상한 날이었다.

강둑에는 지나다니는 사람 하나 없이 휑한 강바람만 불어오고 있었다. 7월 초입의 강바람은 더위를 식혀주다 못해 차갑기까지 했다.

한쪽에선 웬 할머니가 굴러다니는 부탄가스 통을 일일이 흔들어 보며 카트 안 포대 자루에 주워 담고 있었다. 폐지 줍는 할머니 같은데 부탄가스 통과 버려진 본드만 수거해가는 게 영 수상쩍어 지켜보다가 그만 눈이 딱 마주치고 말았다.

괜한 일에 엮일까 싶어 얼른 못 본 척 눈을 돌렸다.

역시 할 일 없는 녀석이 보낸 장난 문자 메시지에 낚였다는 후회가 강바람과 함께 뒤통수를 후려쳤다.

바보같이 그런 문자 때문에 이런 곳까지 찾아오다니, 오늘은 된통 꼬이기만 하는 날이구나.

해가 지는 노들섬은 을씨년스러웠다. 여기저기 뒹굴고 있는 담배꽁초, 빈 소주병과 부탄가스 통을 보며 '혼자 올 곳이 아니구나' 하는 생각이 들어 발길을 돌리려던 참이었다.

그때 녀석이 나타났다.

내 또래로 보였지만 키는 나보다 족히 10센티는 더 커 보이는 건장한 녀석이었다. FC 바르셀로나 팀의 축구 선수 메시의 유니폼을 입은 것도, 등에 권투 샌드백처럼 생긴 긴 가방을 둘러멘 것도 이 노들섬에 어울리지 않은 모양새라 눈길을 끌었다. 녀석과 잠깐 시선이 마주쳤지만 역시 못 본 척 고개를 돌렸다. 가뜩이나 심란한 마음을 누군가에게 들키기 싫었고, 나뒹구는 부탄가스 통과 빈 본드 튜브들이 무서웠기에 내 갈 길을 가려 했던 것뿐이다. 하지만 나를 뚫어지게 바라보던 그 눈빛이 신경 쓰였다.

게다가 인적마저 드문 이런 곳에 저런 샌드백을 메고 다니는 녀석이라니, 왠지 모를 꺼림칙함에 다시 고개를 돌렸다.

그런데 그 몇 초 사이에 녀석이 사라져버렸다. 순식간에 공기 방울처럼 증발해버린 것이다!

눈앞에 펼쳐진 넓은 강둑 어디에도 덩치 큰 녀석이 숨을 곳은 없었다. 전력 질주를 한다 해도 눈앞에서 한순간에 사람이 사라지는 건 있을 수 없는 일이었다.

나는 무언가에 홀린 사람처럼 조금 전까지 그 녀석이 서 있던 장소로 걸어갔다. 수풀 사이에 무언가가 놓여 있었다. 떨어지지 않게 왼쪽과 오른쪽의 신발 끈이 서로 단단하게 묶여 있는 한 켤레의 운동화였다!

설마?

강 쪽으로 고개를 돌리자 물속에서 피어오르는 공기 방울이 보였다. 녀석이 걸어 들어갔을 것으로 추정되는 지점에 한강대교의 불빛에 반사된 하얀 거품이 뽀글거리고 있었다. 그 공기 방울 사이로 점멸하듯 깜박이는 오렌지색 불빛도 눈에 들어왔다.

녀석이 분명했다! 그 잘생긴 얼굴을 뒤로하고 강물에 뛰어든 게 틀림없었다. 보통 사람이라면 생을 마감하기 전에 필요한 최소한의 마음의 준비조차 이 녀석에게는 필요 없었던 모양이다.

"에이, 미친 놈!"

절로 욕이 튀어나왔다.

119에 전화를 해야 하나 112에 신고를 해야 하나 고민하는 사이 불쑥 짜증이 밀려왔다.

어쩌긴 뭘 어째! 사람 빠졌다고 전화하는 사이 저 녀석은 황천길을 건너갈 텐데.

더 이상 깜박거리는 불빛이 보이지 않았다. 그 짧은 생각을 하는 사이 나는 이미 운동화를 벗으며 나와 하균의 휴대폰을 가방 깊숙한 곳에 쑤셔 넣고 있었다. 가방은 수풀 속에 감춰두고 녀석이 버리고 간 운동화 옆에 내 운동화를 벗어 나란히 두었다. 사람도 오가지 않는 곳이라 아무렇게나 벗어 둔다 해도 별 걱정이 되지 않았다.

하지만 나란히 놓여 있는 두 켤레의 운동화를 보니 성적을 비관해 동반 자살한 중학생들이 떠올랐다. 그림이 썩 우울했지만 언제 올지도 모를 경찰을 기다리느니 나라도 뭔가를 하는 게 빠를 듯했다.

"넌 재수 좋은 줄 알아. 어떻게 내 앞에서 죽으려고 뛰어드냐?"

이 젊은 패기와 오지랖이 사그라지기 전에 녀석을 따라 물속으로 뛰어들었다.

제기랄! 강물이 눈물 나게 차다.

무슨 강물이 처음부터 이렇게 깊은 거냐고!

강물은 깊이 들어갈수록 점점 더 차가워졌다. 한여름의 문턱이라지만 물 밖과 물속 세상은 너무나 달랐다.

물안경도 없이 탁한 한강 물에 몸을 담그자 덜컥 겁이 났다. 잠시 눈을 부릅뜬 사이 환영처럼 오렌지색 불빛이 보였던 것 같기도 하다.

뿌연 부유물들로 가득한 강물 속에선 내 한 몸 가누기도 힘들었다. 조금이라도 꾸물대다간 빠른 물살에 떠내려갈 판이었다. 정신을 차리고 주변을 샅샅이 훑어보았다. 그러나 자살하겠다고 뛰어든 녀석의 모습은 물속 어디에도 보이지 않았다. 벌써 가라앉아버린 걸까?

그때 녀석이 메고 있던 돌덩이라도 채운 듯한 커다란 샌드백이 머릿속에 떠올랐다.

그랬구나! 그걸 메고 죽으려고!

아예 죽을 작정을 하고 온 게 분명하다. 그러니 세상과 작별 인사를 나누며 눈물 한 방울 떨어뜨릴 시간도 없이 그렇게 곧장 물속으로 뛰어들었겠지.

그런 생각이 들자 마음이 초조해졌다.

다시 심호흡을 하고 물속으로 들어가 다리 근처를 살피던 그때, 반대편 강둑 가까이에서 깜빡이는 오렌지색 불빛이 다시 나타났다. 마치 그 오렌지색 불빛이 내게 그곳으로 오라고 손짓하는 것처럼 느껴졌다. 나는 바다 요정 세이렌에게 홀린 듯 그 불빛을 향해 나아갔다. 불빛을 따라 물살을 헤치고 나아가자 곧 눈앞에 커다란 시멘트 기둥이 나타났다. 강물 속에 잠겨 있는 한강 교각의 아랫부분이었는데 신기하게도 그 중앙에 사람이 드나들 수 있는 출입문이 나 있었다. 마치 누군가가 일부러 만들어 놓은 듯 네모반듯한 모양의 완전한 직사각형 문이었다.

부실 공사의 흔적인가? 이런 잡생각을 하다가 그만 더러운 한강 물을 들이마시고 말았다.

동대문에서 산 싸구려 시계에 물이 들어간 것이 확실하듯, 내 폐에도 썩은 강물이 들어찬 게 확실했다.

물 위로 올라와 가쁜 호흡을 고르는데 덜컥 겁이 났다. 내가 뭘 본 거지?

죽자고 강에 뛰어든 녀석이 어디로 사라졌는지보다 이상한 출입문의 정체가 더 궁금해졌다. 혹시 그 녀석이 저 문 안으로 사라진 게 아닐까?

이상하게도 그 문과 오렌지색 불빛, 자살 소년의 이미지가 하나로 연결되었다. 갑자기 내가 무엇을 뒤쫓고 있는지 혼란스러워졌다. 머릿속이 뒤죽박죽인 채로 다시 물속으로 들어갔다.

어두운 물속에서 교각의 시멘트 벽을 더듬어 길을 찾아 헤엄쳐 내려갔다. 벽이 아닌 빈 공간이 느껴진 순간 나는 그 비밀의 문이 사라지지 않고 그대로 있다는 사실에 안도했다. 가늘게 뜬 실눈 사이로 그 문틈에서 흘러나오는 오렌지색 불빛이 보였다.

입구로 헤엄쳐 들어가자 물살이 내 몸을 끌어들이기라도 하듯 안으로 잡아당기는 힘이 강해졌다.

물살을 따라 다다른 곳은 나선형 계단이었다. 숨이 점점 가빠왔지만 여기까지 와서 돌아설 수는 없었다. 나선형 계단을 따라 한참을 올라가 물 위로 솟구치자 참았던 숨이 한꺼번에 터져 나왔다. 숨을 쉴 수 있는 마른 공기가 이렇게 반가울 수가 없었다. 주변을 둘러보니 위로 올라갈 수 있는 사다리와 해치(사람이나 화물의 출입을 위해 만든 문)가 보였다. 이상한 곳에 들어오고 말았다는 두려움도 있었지만 들여다보고 싶은 호기심이 더 컸다.

손잡이를 잡고 있는 힘껏 들어 올리자 덜컹하고 해치가 열렸고 순식간에 쏟아지는 밝은 불빛에 잠시 머리가 어지러웠다. 눈을 뜨자 사람이 드나들 수 있는 넓은 공간이 시야에 들어왔다. 한강 교각 안에 별천지 같은 넓은 공간이 있다는 게 믿기지 않았다.

게다가 온 벽면에 그려진 초등학생 수준의 동물 그림은 보는 사람을 당혹스럽게 만들었다. 구석기 시대의 동굴 벽화도 이것보다는 낫겠다고 구시렁거리며 주변을 둘러보았다. 사면이 벽으로 둘러싸인 이곳은 모든 출입문이 위아래로 연결되어 있었다. 방금 내가 들어온 물속 출입문과 벽면 계단 위로 나 있는 또다른 문이 이곳이 단층으로 이루어진 곳이 아님을 말해주었다.

벽면의 한쪽에는 조그만 수세식 변기와 샤워 부스가 있었고 한쪽에 놓인 커다란 고무 통에는 누군가가 벗어놓은 젖은 빨랫감들이 차곡차곡 포개져 있었다.

사람의 흔적이 있으니 이상한 곳은 아닐 거라는 안도감이 들었다. 비릿한 물 냄새와 텁텁한 공기를 제외하면 이곳은 한강 교각 안에 숨겨진 장소라는 걸 상상하기 힘들 만큼 깨끗한 가정집의 분위기를 풍겼다.

위층으로 올라갈 수 있는 조그만 계단 끝에는 조금 전 지나온 해치와 똑같은 철제 문이 있었다. 계단을 올라가 또 다른 해치를 열자 꽈당 소리와 함께 무언가가 땅에 철퍼덕 넘어지는 소리가 났다.

조심스레 고개를 내밀어 주변을 살펴보다가 이글거리는 눈빛으로 나를 노려보는 한 남자아이와 눈이 마주쳤다. 불과 10여 분 전에 샌드백을 메고 한강에 투신한 바로 그 자살 소년이었다. 하지만 이렇게 밝은 곳에서 보니 녀석의 얼굴 어디가 죽겠다고 물에 뛰어들 사람으로 보였는지 나도 의문이었다.

녀석은 내가 해치를 여는 순간 반대편에서 같이 해치를 열어젖히다가 그 힘에 나가떨어진 게 틀림없었다. 녀석의 턱 주변에 벌겋게 부어오르기 시작한 멍도 나 때문에 생긴 게 분명했다.

녀석의 매서운 눈길은 나를 뚫어버릴 것 같았다. 그 순간 녀석의 등 뒤로 웬 꼬마 아이가 나타났다.

"형! 신발이 다 떠내려가버렸으면 어떡해? 그럼 오늘 저녁밥은 언제⋯⋯."

아작아작 과자를 씹어 먹으며 조잘거리던 꼬마 아이는 나를 보자마자 얼음이 되었다. 녀석은 계단에서 머리만 내밀고 있는 나를 귀신이라도 본 듯한 얼굴로 바라보았다.

바닥에는 샌드백에서 쏟아진 갖가지 신발들이 어지럽게 널브러져 있었다. 그 신발들 사이로 오렌지색 불빛을 반짝이는 어린아이의 앙증맞은 야광 운동화를 보고서야 내가 따라온 그 불빛의 정체를 알아차렸다.

"너 뭐야?"

"난 네가 죽으려고 뛰어든 줄 알고…….."

"어떻게 이 벙커를 찾아왔냐고!"

아, 벙커! 여기를 벙커라고 부르는구나.

"노들섬으로 오라는 문자를 보고…… 아니! 불빛이 깜박거려서…….."

"무슨 불빛!"

녀석의 고함에 놀란 사람은 나만이 아니었다. 꼬마 역시 충격을 받은 듯 바닥에 과자 봉지를 툭 떨어뜨리고 말았다.

"오렌지색 불빛! 저걸 따라왔다고."

녀석은 싸늘한 시선으로 내가 가리킨 야광 운동화 한쪽을 바라보았다.

"넌 여기 오면 안 돼. 돌아가!"

녀석의 태도는 냉랭하다 못해 오싹하기까지 했다. 그때 나를 보고 얼어붙었던 꼬마가 갑자기 큰 소리로 외쳤다.

"형 혼자 힘으로 벙커를 찾아온 거구나!"

"미노 너는 올라가 있어!"

녀석이 버럭 화를 내며 말하자 나 역시 불청객 취급하는 그 태도에 기분이 못내 언짢아졌다. 내 또래밖에 안 돼 보이는 녀석이 싸가지를 밥 말아 먹은 듯 이래라저래라 소리치는 게 기분 나빴다.

"그만 갈 테니 걱정 마라."

"형, 안 돼."

"미노야! 입 닫아!"

미노라는 꼬마의 입은 닫혔지만 내 귀는 열려 있었다. 녀석이 뭐라든 나도 이곳에 오래 머무를 생각이 없긴 마찬가지였다.

"됐어! 죽으려고 뛰어든 거 아닌 거 알았으니까 난 갈 거라고."

그때 녀석이 당황한 목소리로 내게 물었다.

"잠깐! 너 맨발이었어? 운동화는?"

"벗고 왔지 신고 왔을까 봐?"

퉁명스러운 내 대답에 녀석이 버럭 소리를 질렀다.

"야, 신발이 없으면 어떡해!"

그깟 운동화 한 켤레 없다고 큰일 날 것도 아닌데 녀석은 짜증 섞인 목소리로 다짜고짜 화를 냈다.

"아, 진짜 미치겠네."

"형 신발 없어?"

꼬마마저 걱정스러운 듯 되물었다.

"둔치에 놔두고 왔지."

"젠장! 내 이럴 줄 알았어."

녀석이 미간을 문지르며 말했다.

"넌 어떻게 여길 찾아왔다고 생각하냐?"

"그야 우연히……."

"우연히 나를 쫓아서 왔다?"

"……."

"여기는 지나가다가 우연히 들어올 수 있는 곳이 아냐. 미노가 문을 열어 주지 않는 이상 벙커로 들어올 수 있는 유일한 시간은 해가 질 때와 뜰 때 아주 잠깐뿐이야. 넌 네가 말한 그 지독한 우연에 맞춰 여기 들어온 거라고."

그러고 보니 그 이상한 문자가 가리킨 7시 55분에 녀석이 물속으로 뛰어들었고 그 시각에 해가 진 건 사실이었다. 그 문자 얘기를 하려다 괜한 소릴 늘어놓는 것 같아 입을 다물었다.

아무튼 헨젤과 그레텔이 사는 과자의 집도 아니고 한강 다리 아래 벙커라니 보통 사람이 쉽게 찾아올 수 없는 곳임에는 틀림없다.

"된통 꼬였네!"

자살 소년의 얼굴이 심각해졌다. 녀석의 표정을 읽은 순간 무언가 잘못됐다는 생각이 들면서 빨리 이곳을 벗어나야겠다는 위기감이 들었다.

"미노야, 넌 저 형이랑 같이 있어. 잠깐 다녀올게."

녀석은 다급하게 1층으로 내려가더니 지체할 새도 없이 해치 너머 물속으로 뛰어들었다. 정말 눈 깜짝할 사이에 사라졌네, 라고 생각하는 그 순간 녀석의 머리가 구멍 위로 불쑥 솟아올랐다.

"아무거나 함부로 건들지 마! 건들면 내 손에 죽는다!"

녀석이 다시 물속으로 사라지자 미노라는 꼬마가 환호성을 질렀다.

"이야, 신난다! 벙커에 누가 찾아온 건 처음이야!"

"여기가 벙커라고?"

"응, 메시 형이 벙커랬어."

"메시? 저 녀석이?"

네가 메시면 난 호날두다, 짜샤! 피식 웃음이 새 나왔다.

"메시가 얼어 죽었나 보네."

"형은 메시 몰라?"

"메시는 나를 몰라도 나는 메시를 잘 알지."

"참, 형 감기 걸리겠다. 거기 상자 속에 수건으로 물 닦아."

상자 속에 쉰내를 풍기며 처박혀 있는 수건인지 걸레인지 도통 정체를 알 수 없는 저 천 쪼가리를 쓰라는 모양이다. 꿉꿉하게 젖은 수건들을 헤집어보다가 포기하고 그냥 몸에 남아 있는 물기를 대충 털어냈다. 꼬마가 내 팔에 매달려 애원조로 말했다.

"형, 가지 말고 여기서 우리랑 같이 살자. 응?"

"됐어. 너희 형은 나 좋아하지도 않는데 뭐."

"아냐. 메시 형 진짜 좋은 형아야. 누가 벙커에 오는 걸 싫어해서 그런 거야."

"아무튼 너희 형 돌아오면 난 갈 거야."

"그럼 내가 벙커 구경시켜 줄게. 이리 와봐!"

그나저나 이 벙커란 곳이 궁금하기는 했다. 한강 다리 아래 이런 비밀 공간이 있다는 것도 그렇고 어떻게 아이들이 이런 곳에 살게 되었는지도 궁금했다.

꼬마의 성화에 못 이기는 척 2층으로 올라갔더니 또 다른 별천지가 펼쳐졌다. 온통 그림으로 뒤덮인 벽은 1층과 마찬가지였지만 좀 더 아늑하고 따뜻한 느낌을 주는 곳이었다.

2층은 침실과 부엌 살림살이가 함께 있는 원룸 구조였지만 생활 공간으로는 손색이 없을 만큼 넓었다.

벽장에서 튀어나온 침대 하나와 텔레비전 한 대, 그리고 부엌 살림이 전부인 단출한 방이었다. 이곳저곳을 살펴보다가 온갖 전선에 휘감긴 커다란 자전거 한 대에 눈길이 멈췄다. 용도를 알 수 없는 그 자전거 너머로 위층으로 이어지는 또 다른 계단이 보였다. 그곳에도 어김없이 똑같은 철제 해치가 달려 있었다.

까칠한 집주인이 돌아오기 전에 내친 김에 3층까지 올라가

보았다. 3층에는 벽면 가득 책장이 들어서 있고 많은 책들이 빼곡하게 꽂혀 있었다. 투박한 책상과 소파까지 곁들여져 있어 책 읽기를 핑계로 낮잠 자기에 안성맞춤이었다. 하지만 메시란 녀석이 이 많은 책들을 다 읽었는지보다 어떻게 물에 젖지 않고 이곳까지 가지고 왔는지가 더 의문이었다. 그리고 이렇게 조그만 교각 안에 어떻게 별천지 같은 3층짜리 집이 있을 수 있는지도 내 머리로는 상상이 되지 않았다.

"우리 집 보기보다 넓지?"

"넓은 정도가 아니라 무슨 마법의 집 같다."

그 말에 꼬마는 씨익 미소를 지었다.

"1층에는 화장실이랑 출입문이 있고, 2층은 잠자는 곳이야. 3층이 형아 서재야. 서재 계단으로 나가면 옥상으로도 나갈 수 있어."

"별게 다 있네. 근데 한강대교에 이런 집이 몇 개나 되는 거야?"

"나도 잘 몰라. 다른 사람 벙커에는 들어가 본 적이 없어서."

세상 어디에도 다시 없을 한강 교각 안의 집이라……. 이런 곳이 지금까지 세상 밖에 알려지지 않은 게 용하다 싶었다.

그때 1층에서 쿵 하는 둔탁한 소리가 들렸다. 밖으로 나갔던 그 녀석이 돌아온 모양이다.

"구경 다 했으면 그만 내려와."

짝퉁 자살 소년의 까칠한 한마디가 평온을 되찾고 있던 내 마음에 또다시 구멍을 냈다. 1층으로 내려가자 녀석은 내 앞에 꽁꽁 싸맨 비닐봉지를 내려놓았다. 그 속에 든 것은 김하균의 가방이었다.

"가출 소년! 이 가방 네 거 맞지?"

"어떻게 찾았어?"

"네가 김하균이냐?"

녀석이 가방을 뒤져 하균의 물건을 살펴본 게 틀림없었다.

"김하균은 그 가방 주인이고 그냥…… 같은 반 애야."

"근데 걔 물건을 왜 네가 가지고 있어?"

"그냥 어쩌다 보니 그렇게 됐어."

메시의 한쪽 눈썹이 씰룩 올라갔다. 뭔가 석연치 않은 표정으로 내 속을 훑어보는 느낌이었다.

"훔친 거 아냐. 돌려줄 거니까 오해하지 말라고."

"그건 내 알 바 아니고. 근데 네 운동화는 없던데?"

"가방 옆에 벗어 뒀는데 없어?"

"신고 온 거 맞아?"

"그렇다니까! 네가 버리고 간 운동화 옆에 나란히 벗어 뒀다고! 참, 가방 속에 운동화 한 켤레가 더 들어 있을 텐데……."

"가방에도 없었어."

"없어? 그것도 김하균이란 그 가방 주인 건데 어쩌다 보니

……. 아, 왜 하필 김하균 걸 잃어버리냐."

순간 녀석의 표정이 자못 심각해졌다. 남의 운동화 잃어버린 데 신경 써주는 건 눈물 나게 고맙지만 지금은 그따위 운동화가 대수가 아니었다. 녀석은 생각에 잠긴 듯 말이 없더니 한참 만에 무겁게 입을 열었다.

"그러니까 넌 이 애를 잘 모른단 얘기네."

"별로 친하지도 않았어. 일이 된통 꼬이는 바람에 내가 들고 온 거야."

"그래?"

"나랑은 상관없는 애라고."

"……."

그때 가방 속에 있던 휴대폰에서 문자 메시지가 도착했다는 알림이 울렸다. 녀석은 가방에서 휴대폰을 꺼내는 내 모습을 미심쩍은 눈으로 바라보았다.

"내 휴대폰이라고."

"누가 뭐래? 전화나 받아."

"전화 아냐. 문자야."

"뭐든 빨리 확인해봐."

녀석의 재촉에 휴대폰을 꺼내 메시지를 확인한 순간 심장이 얼어붙고 말았다.

- 속보, 김하균 사망.

누가? 김하균이? 김하균이 죽어?

그냥 몇 대 맞은 걸로 사람이 죽다니, 이럴 수는 없었다. 병원에서 본 녀석의 시퍼런 등과 텅 빈 듯한 눈동자가 떠올랐다. 갑자기 온몸에 힘이 풀리고 눈앞이 빙글빙글 돌았다.

부들부들 떨리는 몸을 가누려고 손으로 벽을 짚는데 퉁퉁 붓고 살갗이 벗겨진 손등이 보였다. 녀석과 주먹다짐을 하다가 생긴 상처였다. 그 폭행 사건을 다시 떠올린 순간 또다시 숨이 턱 막혀 왔다. 도저히 숨을 쉴 수가 없었다.

밀폐된 공간에 갇힌 것처럼 호흡이 가빠지는데 녀석이 빈 봉지 하나를 불쑥 내밀었다.

"입에 대고 천천히 숨을 내쉬어."

"왜, 걔가……."

"말하지 말고 숨 쉬라고."

"후우……."

숨을 내쉴 때마다 동그랗게 부풀어 오르는 비닐봉지에 뿌옇게 김이 서렸다.

'그럴 리가 없어. 녀석이 죽었을 리가 없어. 그 자식은 그냥 기절한 거잖아. 몇 대 얻어맞았다고 사람이 그렇게 쉽게 죽을 리가 없잖아.'

아닐 거라고 애써 고개를 내젓는데 또 다른 문자들이 속속 도착했다.

- 반장의 핵 주먹 한 방에 사망 추정.
- 지금 살인 혐의로 반장을 찾고 있음.

내 이름 앞에 살인이란 단어가 놓여 있었다. 내가 의도했든 의도치 않았든 나는 졸지에 살인자가 되어 있었다. 그 순간 꺼져 가는 생명처럼 휴대폰의 전원이 죽어버렸다. 먹통이 되어버린 액정 위로 눈물방울이 후드득 떨어져 내렸다.

떨어진 눈물을 주워 담을 수 없듯 이미 꺼져버린 김하균의 생명도 되돌릴 수 없는 것이었다.

나는 겨우 열여섯 살에 친구를 죽인 살인자가 되었다.

신의 아이들

"먹어."

"……."

"먹지?"

숟가락을 들고 밥알만 끼적거리자 녀석의 말투가 싸늘해졌다. 하지만 당최 밥을 먹을 기분이 아니었다.

게다가 녀석이 내민 밥그릇에는 김이 모락모락 나는 콩밥이 담겨 있었다. 울고 싶은 사람 뺨을 때려도 유분수지 살인자로 몰린 사람에게 콩밥을 먹으라니! 그 콩을 골라내고 있는데 메시 녀석이 짜증 섞인 목소리로 말했다.

"얻어먹는 주제에 밥투정까지 하냐?"

"미안."

녀석의 한마디에 자동으로 미안하다는 말이 튀어나왔다.

"형, 그럼 이거 먹어."

미노가 내 앞에 계란 프라이를 놓아주었다. 미노가 배고프다고 투정을 부리지 않았다면, 내게도 밥을 주자고 메시 녀석을 조르지 않았다면 나는 진작 이 벙커에서 쫓겨났을 것이다. 그래도 밥은 먹고 가라고 베풀어준 친절에 눈물이 날 정도였지만 메시는 여전히 못마땅한 얼굴로 나를 바라보고 있었다. 밥을 먹는 내내 녀석은 아무것도 묻지 않았다. 내가 왜 그 문자를 보고 파리하게 질렸는지 단 한 마디라도 물었다면 나는 정말 눈물 젖은 밥을 먹었을 것이다.

"저기 내가……."

"……."

"만약에 내가……."

"네가 뭐?"

메시는 한쪽 눈썹을 씰룩거리며 나를 바라보았다.

"내가……."

'사람을 죽인 것 같아'와 '여기 있어도 될까?'라는 말 중 하나라도 입 밖으로 꺼냈다간 녀석은 당장 나를 내쫓겠지? 그런 생각 때문에 두려움이 밀려왔다.

"나 여기서 자고 가도 될까?"

"안 돼!"

"형, 바깥은 벌써 어두워졌잖아. 재워 주자, 응?"

"안 돼, 미노야."

미노가 팔에 매달려 애원하는데도 녀석은 단호했다. 보다 못한 미노가 속닥속닥 귓속말을 하자 녀석의 얼굴이 붉으락푸르락 달아올랐다.

"미노, 너!"

녀석의 표정이 순식간에 일그러졌다. 끓어오르는 화를 참는 게 역력했다. 녀석은 잠시 뒤 어금니를 꽉 다문 채 끙 소리를 내더니 힘겹게 입을 열었다.

"자. 고. 가. 라."

"진짜?"

"……."

폭발 직전인 얼굴을 보면 녀석의 말이 진심일 리 없었다.

나는 녀석의 침묵이 '지금 당장이라도 너를 쫓아내고 싶지만 미노 때문에 참아주는 거야!'라는 의미라는 것을 알 수 있었다. 그렇게 나가라고 윽박지르던 녀석이 왜 미노의 한마디에 순식간에 마음을 바꾸었는지 그 속내야 알 수 없지만 당장 쫓아내지 않는 것만으로도 눈물 나게 고마웠다.

살벌한 식탁의 분위기에 아랑곳없이 미노는 재잘거리며 즐겁게 밥을 먹었다. 어느 순간 조용해졌다 싶어 바라보니 녀석은 숟가락을 든 채로 꾸벅꾸벅 졸고 있었다. 밥알을 오물거리다 잠들지 않으려고 두 눈에 힘을 주는 게 귀여울 정도였다. 결국 미노는 식탁 모서리에 이마를 찧고서야 메시의 팔에 안겨 침대로 옮겨졌다. 메시는 귀찮아하면서도 침대 발치에 내 이부자리를 마련해주었다. 그리고 차갑게 한마디를 덧붙였다.

"거기서 대충 찌그러져 자."

"고마워."

녀석은 내 말에 대꾸하지 않고 미노를 향해 고개를 돌렸다.

"미노야, 불 끄고 자."

"으응."

미노는 졸린 듯 칭얼거렸다.

"미노야, 불!"

'불을 끄고 싶으면 자기가 끌 것이지, 잠든 애를 깨울 건 뭐야!'라고 생각한 순간 벙커 안의 모든 불이 일시에 꺼졌다. 메시와 미노 둘 다 침대 밖으로 한 발짝도 나오지 않았는데 자동으로 불이 꺼진 걸 보면 어딘가에 불 끄는 리모컨이라도 숨겨둔 모양이다.

미노의 쌕쌕거리는 고른 숨소리가 들렸다. 깊이 잠이 든 두 사람의 숨소리마저 부러워지는 밤이었다. 하지만 나는 덜커덕거리며 교각 위를 지나다니는 자동차들의 진동과 소음 때문에 쉽사리 잠을 이룰 수 없었다. 그 소리가 아니더라도 이미 내 머릿속은 잠을 이룰 수 없을 만큼 많은 소리들로 한바탕 전쟁을 치르고 있었다.

캄캄한 어둠 속에서 반짝이던 야광 별의 불빛도 어둠이 익숙해질 무렵 스르르 사위어버렸다.

낯선 공간에 덩그러니 누워 있으려니 그간 꾹꾹 눌러두었던 두려움이 또다시 고개를 쳐들었다. 돌이킬 수 있다면 다시 오늘 아침으로 돌아가 이 엿 같은 상황을 뒤집어엎고만 싶었다.

지금쯤 학교에서도 집에서도 날 찾느라 야단이 났겠지? 이렇게 숨어버린 걸 알면 나는 살인자로 완전히 낙인찍혀버릴 텐데. 지금이라도 나가서 자수할까?

아니야! 난 살인자가 아니야!

김하균이야말로 힘없는 아이들만 골라 괴롭히는 진짜 나쁜 놈이었잖아.

그런데 왜 하필 나야! 녀석을 짓밟은 건 내가 아니라 다른 아이들인데 왜 내가 살인자냐고!

난 아니야, 아니라고!

아무렇지 않은 척 더 버텨 낼 힘도 없었다. 서러움이 복받쳐 올라 이불을 머리끝까지 끌어올리고 숨죽여 울었다.

울다 지쳐 까무룩 잠이 들었다가 밤새 무언가에 쫓기는 악몽을 꿨다.

꿈속에서도 나는 다급한 듯 거친 숨을 몰아쉬고 있었다. 희미한 불빛이 비치는 계단으로 들어서자 발밑에서부터 물이 차오르기 시작했다. 이 물이 어디에서 오는지도 알 수 없었다. 무작정 도망치려는데 몸이 자꾸만 무거워졌다.

힘겹게 다다른 계단의 끝에는 벙커의 해치가 있었다. 있는 힘을 다해 문을 들어 올리자 밝은 빛이 쏟아졌다. 그 빛이 내게 말했다.

"안 일어나면 강물에 던져버릴 거야."

그 소리에 눈이 번쩍 떠졌다. 눈앞에 내가 덮고 있던 이불을 뺏어 든 메시가 서 있었다.

"벌써 아침이야?"

"해가 중천이다. 어서 일어나."

막 세수를 끝낸 미노가 2층으로 올라왔다.

"히히, 형이 꼴찌로 화장실 쓴다."

"뭐?"

"미노야, 저 형한테 화장실 쓰는 법이나 알려줘."

메시의 말에 미노는 배시시 웃으며 내 손을 잡아 화장실 변기 앞으로 끌었다. 두 볼을 발그레하게 붉힌 미노가 손가락으로 가리킨 곳에는 녀석의 앙증맞은 똥이 있었다. 아니, 생긴 건 앙증맞은데 어른 뺨치게 구린내를 풍기는 똥이었다.

"큭! 냄새!"

"이제 형이 볼일 볼 차례야."

"뭐라고?"

"벙커에서는 전기든 물이든 다 아껴 써야 하거든. 변기 물은 메시 형이 한 번, 내가 한 번, 그리고 형이 한 번 쓰면 내리는 거야. 그게 규칙이야."

"언제부터?"

"오늘부터!"

화장실에서 허투루 쓰이는 물을 아끼기 위해 순서에 상관없이 무조건 세 사람이 모두 볼일을 본 후에 물을 내리는 게 이 벙커의 새로운 규칙이란다.

그 더러운 걸 어떻게 참고 지내냐고?

더 더럽고 치사한 건 이 벙커의 불청객인 내게는 선택권이 없다는 걸 미노조차도 알고 있다는 점이었다.

"근데 형! 형이 김하균이야?"

한숨이 절로 나왔다. 그 가방이 내 것이 아니라고 몇 번을 말해야 하나.

"김하균은 내가 아니라 같은 반 친구야."

"응?"

"그냥 같은 반 애라고. 형은 반장이라서 그냥……."

'그냥 어쩌다 그 형을 때렸는데 그 형이 죽었거든. 그래서 이 벙커에 숨어 있는 거고.'

이 말을 사실대로 털어놓았다간 미노마저 나를 외면할까 봐 두려워졌다.

김하균을 생각할수록 수많은 생각들이 부록처럼 딸려 올라와 견디기가 힘들었다. 애써 부정했던 죄책감들이 또다시 고개를 들기 시작했다.

"그럼 형은 누구야?"

초콜릿을 입에 넣고 우물우물하던 미노가 배시시 웃으며 물었다.

"형은……."

갑자기 귓속에서 이명이 들렸다. 순식간에 모든 기억의 셔터가 닫혀버린 느낌이었다. 수학 시간에 아무런 준비 없이 불려나가 빈 칠판을 마주했을 때처럼 바보가 되어버린 기분이었다. 열여섯 해 동안 써왔던 이름마저 잊어버린 바보! 어제 주먹으로 맞았을 때 뇌세포 수십만 개가 죽어버린 게 틀림없다.

"이름이 뭔지 생각 안 나?"

미노가 고개를 갸웃거리며 물었다.

"나는……."

때마침 2층에서 메시가 내려오고 있었다. 미노는 잠시 당황한 눈빛으로 메시를 돌아보았다. 두 사람 사이에 미묘한 이야기가 오가는 느낌이었다.

"그 형은 김가출이야. 그냥 가출이 형이라고 불러."

메시가 미노를 향해 말했다.

"야! 내가 왜 김가출이야?"

"왜긴 왜야. 정신줄이 나갔으니 김가출이지."

그때 미노가 뭔가 할 말이 있는 얼굴로 메시의 옆구리를 쿡 찌르며 속삭였다.

"형아가 얘기해."

그러자 메시 녀석이 끙 하고 소리를 내며 말을 이었다.

"너 말이야, 갈 데 없으면 여기서 지내도 돼."

의외였다. 당장이라도 내쫓을 것처럼 살벌하게 굴던 녀석이 맞나 싶었다.

"하지만 난……."

"한 달이야! 한 달 뒤엔 인정사정 안 봐주고 내쫓을 거니까 그렇게 알아. 그리고 한 가지 더!"

녀석은 내 의사 따위는 안중에도 없는 듯 자기 할 말만 늘어놓았다.

"네가 여기 있게 된 이상 절대 어겨선 안 되는 게 있어."

"뭔데?"

어쨌든 나는 이 집의 불청객이니 녀석이 정해 둔 벙커의 규칙을 따를 수밖에 없는 입장이었다. 나는 주인이 원하는 대로 하지 않으면 언제든 저 강물 속으로 뛰어들어야 할 손님인 것이다. 그러니 녀석이 아무리 황당한 규칙을 들이댄다 해도 지금은 고개를 끄덕일 수밖에 없었다.

"첫째, 절대 벙커에 흠집을 내지 않는다. 물론 그럴 일은 없겠지만 못을 박거나 벽을 긁거나 물건을 집어 던지거나 하는 일체의 행동들은 금지야."

그제야 달력은커녕 벽시계 하나 걸려 있지 않은 벽이 눈에 들어왔다. 창문 하나 없이 벽면뿐인 공간이 온통 아이의 낙서 투성이였다.

"둘째, 사람들에게 이곳을 알리지 않는다! 이 벙커는 외부인을 받아주는 곳이 아니고 앞으로도 다른 사람들에게 알려 귀찮은 일에 엮이고 싶은 생각은 없어. 그러니까 되도록 사람들 눈에 띄지 않게 드나들고 절대 외부에 벙커의 존재를 발설해서도 안 돼."

"그거야……."

살인자로 쫓기는 마당에 어딜 가서 무슨 얘길 하겠냐고 말하려다 입을 다물었다.

"마지막 규칙은 노일노밥(No 일 No 밥)이야!"

"노일노밥이 뭔데?"

"일하지 않으면 밥도 없다고! 운동화를 빨든 발전기를 돌리든 이 벙커에 있는 동안은 자기에게 주어진 만큼의 일을 해야 돼."

이 집의 모든 전기가 자전거 페달을 밟아 돌리는 자가 발전기에서 나온다는 건 조금 의외였다. 여긴 손 하나 까딱하지 않고도 온 집 안의 불을 끌 수 있는 최첨단 공간이 아닌가. 마술 같은 집에 어울리지 않는 옥에 티 같았다.

"설마 앵벌이 같은 것도 시키는 건 아니지?"

"……."

질문이 허접하거나 답할 가치가 없으면 대답하지 않는다! 메시의 침묵 역시 벙커의 규칙이라는 무언의 압박이었다.

"네가 말한 우연이란 건 여기에 없어. 네가 봤다는 그 오렌지에도 그럴 만한 이유가 있는 거라고."

오렌지가 아니라 오렌지색 불빛이라고 몇 번을 말해야 하나.

"규칙은 딱 세 가지야. 명심해!"

"알았어."

"정확히 한 달이야. 한 달이 지나면 넌 여길 떠나는 거야."

"그냥 벽에 걸린 달력처럼 눈에 띄지 않게 지낼 거니까 걱정 붙들어 매라고."

"난 달력 같은 거 안 키워."

찔러도 피 한 방울 안 날 녀석의 딱딱한 태도에 의기소침해졌다. 벽에 걸린 달력처럼 지내겠다는 건 둘러댄 말이었지만 무엇이든 키우지 않겠다는 녀석의 의지는 확고해보였다.

눈 씻고 찾아봐도 촉촉한 구석이라고는 눈곱만큼도 없는 녀석이었다.

"저, 나 배고픈데 뭐 먹을 건 없어?"

메시는 내 말에 대꾸조차 하지 않고 미노를 향해 말했다.

"미노야."

"응?"

"노일(No 일)은?"

"노밥(No 밥)입니다!"

냉혈한 같은 새끼. 애한테 아주 좋은 걸 가르쳤구나.

녀석은 일하지 않으면 밥도 없다는 사실을 미노의 입을 빌려 명확하게 보여주었다. 볼일을 마치고 나오자 메시가 세면대 쪽을 가리켰다.

녀석의 손가락이 가리키는 곳에는 족히 열 켤레는 됨직한 운동화가 바닥에 널브러져 있었다. 미노는 이미 솔을 들고 목욕탕 의자에 자리를 잡고 앉았고, 메시는 커다란 고무 통 하나를 끌고 왔다.

"넌 신발 끈이랑 깔창 분리해서 고무 통 안에 담아. 나머지 운동화는 다른 통 안에 넣고."

"뭐 하는 건지 물어봐도 돼?"

"메시 형이랑 내가 도와주는 거야."

"뭘?"

"이 신발의 주인들이 이 세상에 남을 건지 떠날 건지 정하게."

"……."

이해할 수 없는 미노의 대답을 듣자 대꾸할 마음이 사라졌다.

"김가출, 세상에서 제일 무거운 사람이 누구라고 생각해?"

"뭐?"

"모든 희망을 잃어버려 속이 텅 빈 사람이야."

"무슨 소리야?"

"희망의 자리에 몇 배나 무거운 절망이 대신 채워졌다고나 할까? 그래서 희망을 놓아버린 사람의 운동화는 이렇게 무거운 거야. 우린 그 절망의 무게를 덜어 주는 일을 하는 거고."

헛소리를 참 그럴듯하게 하는 것도 재주구나 싶었다.

"근데 이런 건 도대체 어디서 가져오는 거야?"

"병원."

"병원?"

"그중에서도 의식 불명 환자들 거야."

그러고 보니 어제 강둑에서 녀석이 메고 있던 그 샌드백 모양의 가방에 신발이 잔뜩 들어 있던 게 생각났다.

"의식 불명 환자들 신발이라고?"

신발이 필요하지도 않은 의식 불명 환자들의 신발을 수선하고 세탁하는 일은 어딘가 아귀가 맞지 않아 보였다. 녀석은 대답 대신 세탁 망 속 운동화 하나를 꺼내 내 손에 쥐여주었다. 운동화는 무게를 느낄 수조차 없을 만큼 가벼웠다.

"그게 운동화 주인이 가진 희망의 무게야."

이건 또 무슨 개 풀 뜯어먹는 소리란 말인가.

"이 무게를 돌려받으면 그 사람은 이 세상을 떠날 것인지 머무를 것인지를 스스로 판단하는 거야."

"그게 말이 되냐?"

"……."

대답이 없다는 건 말할 필요가 없다는 뜻이었다. 두말하면 입 아픈 일에 대해 더 이상 얘기하지 않겠다는 것이다. 그 확고한 의지만큼은 높이 사 줄 만한 녀석이다. 녀석을 안 지 하루밖에 되지 않았지만 귀찮은 질문에 일절 대답하지 않는 녀석에게 어느새 적응이 된 것 같았다.

"너라면 내일 당장 죽을지도 모르는 상황에서 깨끗하게 잘 닦인 운동화가 머리맡에 놓인 걸 보면 어떤 생각이 들겠냐?"

"……."

"어서 빨리 저 신발을 신고 밖으로 나가고 싶다는 생각이 들지 않겠어? 그래서야. 이 운동화를 세탁해서 돌려주는 이유 말이야. 희망이란 건 반질반질 잘 닦아서 눈에 보이는 자리에 두어야 하는 거니까."

이제부터 내가 고집스레 간직하고 있던 상식이란 걸 폐기 처분해야 할 것 같았다. 이 벙커 자체가 도무지 이해할 수 없는 곳인데 이런 일에 하나하나 물음표를 달았다간 그 무거운 물음표들에 잠겨 익사할지도 모를 일이다.

나는 보글거리는 욕조 속으로 이 무거운 물음표들을 던져버렸다.

녀석은 두레박처럼 생긴 끈 달린 물통을 들고 해치를 열었다. 그리고 물통으로 강물을 퍼 올려 욕조 속에 들이부었다. 나는 신발 끈을 푸는 일을 맡았는데 단단하게 묶인 신발 끈을 푸는 일은 생각만큼 쉽지 않았다. 미노가 일사천리로 서너 켤레를 푸는 동안 나는 한 켤레도 제대로 풀지 못해 낑낑거리고 있었다. 신발과 끈을 모두 해체한 다음 본격적인 세탁 작업에 돌입했다. 마치 살아 있는 사람을 씻기는 것처럼 신발에서는 끝없이 땟물이 흘렀다.

갑자기 식물인간으로 10년째 누워 계시는 이모부가 떠올랐다. 이모부의 몸에선 매번 지우개 가루 같은 때가 나온다던 이모의 이야기가 생각났다. 숨 쉬고 살아 있는 것만으로도 대단한 중노동이 아니겠냐던 이모의 고단한 목소리에는 그래도 이렇게나마 살아 있어 다행이라는 안도가 배어 있었다. 손가락 하나 제대로 까딱하지 못해도 몸은 열을 발산하고 각질을 밀어내고 피를 돌게 만든다고 하니 새까만 때가 벗겨져 나오는 것은 살아 있다는 증거겠구나 생각했다.

하지만 사람이든 운동화든 땟물이 줄줄 흐르는 무언가를 씻기는 것은 힘에 부치는 일이었다. 어깨와 팔 근육이 저려 올 때까지 박박 문지르는 것도 일이지만 도르래도 없이 직접 물을 퍼다 나르는 것도 고된 일이었다. 어느새 메시의 이마에도 송골송골 굵은 땀방울이 맺혔다.

"우리 엄마가 보면 뒤로 넘어가겠다. 평생 내 운동화 한 켤레도 빨아 본 적 없었는데. 니들 진짜 대단하다."

"형 엄만 좋은 사람이야?"

미노가 뜬금없이 물었다.

"엄마가 좋고 나쁘고가 어디 있어? 엄마는 다 그냥 엄마지."

"그렇구나."

미노는 조금 시무룩해진 표정이었다. 대답이 너무 퉁명스러웠나 싶어 괜히 미안해졌다. 그래서 얼른 말을 돌렸다.

"근데 이거 하면 돈은 많이 벌어?"

"형, 우리 얼마 벌어?"

미노도 궁금한 듯 메시에게 되물었다.

"밥 먹고 살 정도."

"그럼 나도 월급 주냐?"

"……."

녀석이 또 말없이 쏘아본다. '먹여주고 재워준 값 한번 계산해 볼까?' 하는 녀석의 생각이 눈빛으로 단번에 전해졌다. 어색한 분위기가 감돌자 미노는 메시가 나를 쫓아낼까 봐 또다시 전전긍긍이다. 미노가 불안한 듯 손톱을 물어뜯자 화장실 전구가 깜박거리다가 팟 하는 소리와 함께 꺼져버렸다.

"어? 정전이야?"

"미노야!"

메시가 미노를 돌아보며 말했다.

"형……."

"걱정 마. 가출이 형 안 쫓아낼 거니까."

"정말이지?"

"그래. 걱정 말고 불 켜자."

미노의 말이 끝나기가 무섭게 전구에 다시 불이 들어왔다. 희한하다 못해 오싹한 기분까지 들었지만 내 물음표들은 이미 욕조에 던져버렸으니 그저 입을 닫는 수밖에 없었다.

신발 세척을 끝낸 메시가 새카맣게 변해버린 고무 통의 구정물을 샤워기 바로 밑에 있는 배수구에 쏟아부었다. 콸콸 요란한 소리를 내며 구정물이 떠내려간 자리에 시커먼 흙 찌꺼기들만 남았다.

녀석은 고무 통을 다시 씻어 내고 물통으로 다시 물을 날라 통을 채웠다. 다시 깨끗이 헹구어낸 신발들은 커다란 망 속에 차곡차곡 쌓였다. 양파 망 속에 양파를 담듯 순서대로 담긴 신발들은 입구가 봉해진 채 메시의 등에 실려 다시 강물 속으로 사라졌다.

"저건 뭐 하는 건데?"

"자동 세탁!"

미노가 배시시 웃으며 답했다.

"세탁기는 없잖아."

"있어. 엄청 좋은 거. 옥상으로 가자, 형!"

미노는 위층으로 뛰어 올라갔다. 그런데 총알처럼 재빠르게 뛰어가던 미노가 어쩐 일인지 3층으로 올라가는 계단 앞에 우뚝 멈춰 선 채 발을 동동 구르고 있었다.

"안 올라가?"

"형, 저기 서재에 있는 다리미 좀 치워줘."

"다리미?"

"나 다리미 싫어. 무서워."

"자식, 별게 다 무섭네."

하지만 미노는 정말 겁에 질린 얼굴이었다.

"미노가 다리미에 데인 적이 있구나."

"……."

"형도 어렸을 때 다리미랑 냄비 뚜껑 엄청 무서워했대."

"냄비 뚜껑은 왜?"

"혼자 달그락거린다고 울고불고 난리도 아니었대."

그 소리에 얼었던 미노의 표정이 한결 밝아졌다. 그러고 보니 나에게도 정말 그런 시절이 있었다. 달그락거리는 냄비 뚜껑을 무서워했던 순수했던 어린 시절……. 하지만 지금은 기억도 나지 않는 까마득한 옛날의 일일 뿐이다.

미노를 계단에 남겨두고 서재로 올라갔다. 미노의 말대로 서재 한편에 다리미가 놓여 있었다. 평생 옷 한번 다려 입을 것 같지 않은 메시와 미노에게 다리미라니 뭔가 어색한 조합이라 생각했지만, 그냥 보이지 않는 구석으로 다리미를 치워버렸다.

"됐어. 올라와."

"안 보이는 데 숨겼어?"

"그래."

미노는 다시 천진한 일곱 살 꼬마의 얼굴로 돌아왔다. 옥상으로 올라가는 계단으로 뛰어간 미노는 낑낑대며 옥상 해치를 밀어 올렸다.

미노를 따라 올라간 옥상은 한강대교가 훤히 내다보이는 테라스 같은 곳이었다. 하지만 세탁기는커녕 바가지 하나 없는 옥상에서 어떻게 자동 세탁을 하겠다는 건지 의아했다. 그때 미노가 둔치 쪽을 가리켰다. 사람들의 시선이 닿지 않는 둔치의 반대쪽 교각에 신발 망을 묶고 있는 메시의 모습이 보였다. 망을 매달아 운동화가 세찬 강물에 저절로 헹궈지게끔 하려는 모양이었다.

강물을 세탁기처럼 이용하는 생활의 지혜라니, 녀석도 제법이라는 생각이 들었다.

바로 그때 머릿속에 비슷한 장면이 흐릿하게 떠올랐다.

가족들과 계곡에 놀러 갔을 때 흐르는 계곡물에 수박과 맥주를 담그던 아버지의 뒷모습이었다. 하지만 담가놓고 제대로 고정해두지 않은 탓에 수박이 데굴데굴 굴러 박살이 나버렸다. 그

일로 엄마와 아버지는 서로 언성을 높였다. 놀자고 간 물놀이에서 박살 난 건 수박이 아니라 내 기분이었다.

뭘 해도 늘 싸움으로 시작해 싸움으로 끝나는 우리 가족. 추억이랍시고 꺼내 보니 기억들이 너덜너덜 찢어발겨져 있었다.

또 다른 기억도 떠올랐다. 이번에는 현관문 앞에 서 있는 내 발끝이 보였다. 가족들과 어딘가로 외출을 하던 날이었다. 나는 신발장 앞에서 망설이고 있었다. 뒤축만 심하게 닳은 아버지의 구두도, 엄마의 뾰족구두도, 신발 끈이 제멋대로 풀려 있는 내 운동화도 같은 공간에 있기엔 너무나 다른 존재들이었다. 제각각 다른 모양을 한 신발들은 우리가 서로 닮지 않고 비슷한 점조차 찾아보기 힘든, 마치 흩어진 모래알 같은 가족임을 증명해 주는 것 같았다.

'거봐, 너희 가족은 닮은 구석이라곤 하나도 없다니까. 함께 길을 걸어갈 수 없는 사람들이라고.'

신발들은 그렇게 말하는 것 같았다.

벙커에서 생활한 지 일주일쯤 지났을 때 나는 생각이 많아지고 입은 무거워져 있었다. 내 어깨며 콧잔등은 하루가 멀다하고 벗겨져 얼룩덜룩했지만 메시의 등은 검게 그을린 흔적조차 멋져 보였다. 녀석의 등 뒤에 서 있을 때면 나는 그 멋진 등을 부러운 눈으로 바라보았다. 사실은 골치 아픈 현실에서 떨어져 나와 자유롭게 사는 녀석의 단순한 삶이 더 부러웠던 건지도 모른다. 메시에게 시시콜콜 모든 이야기를 하지는 않았지만 문득문득 내가 돌아갈 현실이 그리 달갑지만은 않다는 생각이 들어 마음이 불안했다.

점심을 먹고 혼자 옥상으로 올라왔다. 자동 세탁까지 끝낸 운동화 더미가 옥상 위 널찍한 자리를 차지하고 널려 있었다. 가끔 비둘기가 날아와 배설물을 묻히는 통에 중간중간 비둘기를 쫓아야 했지만 널어놓기만 하면 강바람에 자연 탈수가 되어 오후면 뽀송뽀송한 신발을 걷을 수 있었다.

시원한 강바람에 땀을 말리고 있는데 문득 이상한 생각이 들었다. 옥상에서 내려다본 교각의 크기는 안에서 느꼈던 것보다 훨씬 작아 보였다. 이 좁은 공간에 메시와 미노, 나까지 세 사람이 들어가 살 수 있다고 믿기지 않을 정도였다.

숨어 지내는 데 급급해 그런 단순한 의심마저 접고 살았던 모양이다.

곰곰이 생각해보니 벙커가 처음과 어딘지 모르게 달라졌다는 생각이 들었다. 처음엔 메시와 미노의 침대 발치에 내 이부자리를 펼치면 꽉 들어차곤 했는데 어젯밤에는 서너 명은 너끈히 누울 만한 공간이 있었다. 일어서면 머리가 닿을 것 같던 천장도 며칠 사이 부쩍 높아진 느낌이었다. 때마침 메시가 옥상으로 올라왔기에 내친 김에 물어보았다.

"나 뭐 바보 같은 질문 하나만 해도 돼?"

나를 흘끗 바라보는 녀석의 눈빛이 '너 원래 바보잖아'라고 말하는 것 같다. 하지만 그런다고 물러설 내가 아니다.

"처음 여기 왔을 때보다 벙커가 좀 더 커졌다는 느낌이 들어. 벙커가 고무줄도 아니고 죽죽 늘어날 리도 없는데 말이야. 하하!"

무안함에 큰 소리로 웃어 댔다. 그러나 녀석의 입에선 전혀 예상치 못했던 대답이 돌아왔다.

"둔한 녀석! 그걸 이제 알았냐?"

"뭐?"

"벙커는 거기에 깃든 사람의 마음에 따라 달라지는 거야."

"벙커가 살아 있는 누구 배 속이라도 된다는 거야?"

내 입에서 나온 말이지만 곱씹어 생각해보면 좀 섬뜩한 이야기였다.

"그렇다고도 할 수 있지. 움직일 수도 있는 거고."

"벙커가 움직인다고?"

"몽골 사람들이 사는 게르라는 집이 있어. 천막 같은 집인데 언제든 새 식구가 생기면 그 크기를 넓힐 수도, 반대로 줄일 수도 있지. 벙커도 그 게르 같은 집이야."

"에이, 설마 마법도 아니고."

"마음이 자라고 움직이는 게 마법이라면 마법이겠지."

녀석의 말에는 곰곰이 생각하게 만드는 이상한 힘이 있었다. 불과 일주일이지만 나는 메시가 생각만큼 차가운 녀석이 아니라는 걸 알 수 있었다. 그저 무뚝뚝할 뿐 그 속내까지 냉혈한은 아니었다. 내친 김에 더 하고 싶은 이야기가 있었다.

"근데 왜 안 물어봐? 내가 왜 여기 머물고 싶어 하는지 말이야."

"별로 궁금하지 않아."

"그래?"

"말 못할 이유가 있겠지. 넌 나쁜 놈은 아니니까."

"뭘 믿고?"

"날 구하러 물속에 뛰어들었잖아. 사람 목숨이 오갈 때 아무것도 계산하지 않았으니까."

'아니, 난 사람을 죽인 놈이야. 그것 때문에 여기 숨어 있는 거라고.'

녀석의 기대에 찬물을 끼얹고 싶은 생각은 없었지만 속마음은 짠물을 들이킨 것처럼 쓰라렸다.

옥상에서 내려오니 미노가 또 과자 한 봉지를 뜯어 냠냠거리고 있었다. 미노는 늘 과자와 초콜릿을 달고 살았다.

"미노야, 조금 있으면 밥 먹을 거잖아. 과자 그만 먹어."

보다 못한 내가 미노를 타일렀다.

"메시 형이 먹어도 된됐어."

일이나 생활 규칙에 철두철미한 메시 녀석이 유독 미노에게
만큼은 헐렁이처럼 구는 게 가끔은 이해되지 않았다. 물론 녀석
은 나름대로 선을 긋고 미노에게 딱 과자 반 봉지만 주려 했다.
하지만 일곱 살짜리 꼬마가 눈앞에 있는 달고 맛있는 과자를 참
는 것은 쉬운 일이 아니었다. 메시 역시 그 사실을 알면서도 늘
적당히 넘어가는 눈치였다.

"과자 좀 적당히 줘야 되는 거 아냐?"

"미노가 알아서 할 거야."

"일곱 살짜리가 뭘 알아서 한다고."

"평생 일곱 살은 아니니까 때가 되면 자기가 알아서 절제하
겠지."

"과자 안 먹고 참는 게 뭔 절제냐."

"그러는 너는 그걸 참은 게 몇 살인지 기억나냐?"

"그딴 걸 왜 기억하고 살아야 하는데?"

"잘 생각해봐. 네가 먹는 걸 스스로 절제하고 참고 기다린 순
간이 언제인지."

"놔두면 눅눅해지는데 뜯은 자리에서 다 먹는 거지. 그게 뭐
그리 대단하다고 아껴 뒀다 먹냐고."

"자기 스스로를 통제하고 멈추는 게 아이에겐 가장 중요한

73

순간이야. 미노가 기쁨이든 고통이든 그걸 스스로 제어하는 순간이 오면 그때는……."

"그때는?"

"그때는 더 이상 이 벙커가 필요 없겠지. 앞으로 더 힘든 길이 있다 해도 매일 스스로 발전기를 돌리고, 보상을 미룰 줄도 알게 되고, 제 마음이 가장 소중하다는 것도 알게 될 테니까."

"그래도 아직 어린 애한테 먹는 걸 스스로 참으라는 건 좀 아니다."

"먹는 걸 못 참는 애는 너겠지."

배고픈 걸 제일 못 참는 나로선 미노와 같은 취급을 당해도 할 말이 없었다.

그래, 너한테 말을 꺼낸 내 잘못이지.

구시렁거리며 설거지를 하는 사이 녀석은 혼자 노들섬으로 나갔다. 나는 한바탕 설거지를 끝내고 허리를 펼 사이도 없이 자전거 발전기에 앉았다.

"형, 나 텔레비전 보게. 빨리빨리!"

"알았다고."

미노의 채근에 물 먹은 솜뭉치처럼 무거운 몸으로 페달을 밟기 시작하자 까무룩 잠이 들어가던 집 안의 전구가 다시 환하게 살아났다.

그래, 메시 말대로 이 벙커는 우라질 게르가 맞는 것 같다.

게르 옆에 오갈 데 없는 말 한 마리를 묶어놓고 죽어라 부려 먹는 인간들! 그건 몽골 사람들이나 너희나 다를 바 없으니 여기도 유목민이 사는 게르가 맞네!

미노가 별 웃기지도 않은 만화 영화를 보며 깔깔거리는 동안 내 빈약한 다리의 힘은 서서히 바닥을 드러내고 있었다. 그때 외출했던 메시가 이상한 철제 프레임을 잔뜩 짊어지고 돌아왔다. 녀석은 프레임을 싼 비닐 방수포를 걷어내고 이리저리 뚝딱거리더니 순식간에 간이 침대 하나를 만들어냈다.

"이거 뭐야?"

"좀 좁아도 지내는 동안은 괜찮을 거야."

"내 거야?"

"오줌 누러 갈 때마다 밟히잖아."

비몽사몽 화장실로 가던 미노에게 밟혀 비명을 지른 게 한두 번이 아니었다. 녀석은 겉으로는 모르는 척하면서도 내심 그걸 신경 쓰고 있었던 모양이다.

"근데 넌 이런 걸 어디서 구해 오냐?"

메시가 의미심장한 눈빛으로 말했다.

"진짜 듣고 싶어?"

"아니."

어느 고물상에 재활용 쓰레기로 버려진 걸 주워 왔을 게 뻔했다. 더 이상 묻지 않는 게 정신 건강에 이로울 것 같아 그쯤에서 입을 다물었다.

메시는 벽에 부착된 계기판을 확인하더니 그만하라는 손짓을 했다. 내가 페달에서 발을 떼자마자 집 안은 이내 어둠 속에 묻혔다.

"아, 뭐야! 한창 재미나게 보고 있는데. 형, 배터리 충전 안 된 거야?"

"한 시간은 탔잖아."

"아씨, 메시 형은 탔다 하면 세 시간씩 충전시켜 주는데 형은 뭐야?"

그러게 이 녀석아! 네가 텔레비전 보느라 전기를 다 써버리니까 충전이 안 된 거잖아!

쏘아붙이고 싶은 마음은 굴뚝같았지만 새로 생긴 침대를 봐서 참기로 하고 다시 자전거에 올라탔다.

메시가 양초를 켜고 비상 발전기를 가동시키자 집 안은 약하게나마 은은한 불빛으로 밝아졌다. 밝은 형광등 아래에선 느끼지 못했던 빛의 소중함이 가슴 깊이 느껴졌다.

그저 스위치를 올리면 부서져라 빛나야 하는 게 불빛이라고 여겼던 지난날이 떠올랐다.

버튼을 누르면 엘리베이터가 발 앞에 와서 서고, 옷을 넣으면 세탁기가 빨래를 하고, 에어컨에서는 내가 원하는 온도에 맞춰 시원한 바람이 불어오는 것이 당연한 듯 느껴지던 시절이 멀어지고 있었다. 주변의 모든 것이 불편해지고 나서야 내가 누리던 것들이 당연한 것이 아니었다는 사실을 깨닫게 되었다.

뒤늦게 모든 걸 깨달은 자의 깊은 한숨이 새어 나왔다.

"야, 가출 소년! 그만하고 자 둬. 이따 새벽에 신발 배달하러 가야 되니까."

"나도 간다고?"

"3시 반이다."

"물살이 세던데 떠내려가려면 어떡해? 난 너처럼 수영도 잘하지 못하고 짐만 될 게 뻔한데."

가기 싫다는 말을 에둘러 표현했다.

"너 때문에 벙커 입구까지 줄 매달아 뒀으니까 그거 잡고 나오면 돼."

"꼭 물살 때문만이 아니라……."

"그럼 충전기 세 시간 채워둬."

"난 새벽잠이 많단 말이야."

"그럼 너희 집에 가서 그 새벽잠이나 실컷 자든가."

"야, 간다 가!"

치사하고 아니꼬운 놈! 남의 약점을 잡아 팬티 고무줄처럼 튕기는 고약한 놈 같으니라고!

"미노야, 불 끄자."

불이 꺼지자 열린 옥상 문 사이로 별빛인지 달빛인지 아니면 네온사인인지 모를 가는 불빛 하나가 새어 들어왔다. 오늘도 꿈 때문에 잠을 설칠까 걱정하는 사이 나는 까무룩 잠이 들었다.

꿈속에서 누군가의 목소리를 들은 것 같았다. 엄마가 나를 부르는 소리 같기도 했고, 철제 침대가 삐거덕거리는 소리 같기도 했고, 간헐적으로 삐삐 울리는 기계음을 들은 것 같기도 했다.

"일어나!"

메시가 깨운 시각은 정확히 새벽 3시 반이었다.

이 어둑새벽에 신문 배달도 아니고 신발 배달이라니 힘이 빠질 노릇이다. 하지만 지금이 병원이 가장 한적하고 사람들과 마주치지 않는 황금 시간이라는 메시의 주장에 따라 졸린 눈을 비비며 따라나섰다. 녀석이 나를 위해 친절히 매달아 준 반짝이는 줄을 잡고 노들섬으로 나오자 새벽 한기에 몸이 으스스 떨렸다.

녀석과 나는 아무 말 없이 새벽길을 걸었다. 우리가 도착한 곳은 김하균이 입원한 병원이었다. 많고 많은 병원 중에 하필이면 김하균이 입원한 병원이라는 게 마음에 걸렸지만 메시에게 내색하지는 않았다.

녀석은 이 큰 병원의 어느 병동에 누가 있는지 손바닥 들여다보듯 자세히 알고 있었다. 중환자실에 언제 사람이 비는지, 비번인 직원이 누군지까지 당직 의사처럼 완벽하게 꿰고 있었다.

메시가 내민 흰 가운을 걸치고 녀석을 따라 중환자실로 들어갔다. 꼬불꼬불 미로처럼 굽이진 길을 따라 도착한 곳에는 가쁜 호흡을 내쉬고 있는 백발의 할머니가 있었다. 나는 메시가 할머니에게로 간 사이 잠시 주변으로 눈을 돌렸다가 너무 놀라 심장이 멎을 뻔했다.

그곳에 김하균이 있었다. 죽었다던 그 김하균이 분명했다.

후들거리는 다리를 끌고 가까이 다가갔다. 틀림없이 살아 있는 김하균이었다. 기분이 묘했다. 녀석이 살아 있어 다행이라는 안도와 함께 이유를 알 수 없는 슬픔이 가슴속에서 복받쳐 올랐다. 메시가 정신을 놓고 있던 나를 툭 치며 말했다.

"뭐 해? 신발 꺼내라니까."

"어? 어!"

머릿속은 온통 김하균에 대한 생각으로 가득했지만 아무렇지 않은 척 가방에서 할머니의 털신을 꺼내 들었다. 온몸을 휘감고 있는 전선과 호흡기에 의지한 할머니의 심장 박동은 벽에 걸린 시계의 초침보다도 느렸다. 순간 할머니의 옴팡한 눈이 번쩍 떠졌다.

"털신 가지고 왔나?"

"네."

"욕봤다."

할머니는 이가 뭉텅 빠진 잇몸을 내보이며 환하게 웃었다.

"오늘이 보름 맞제?"

"네."

"영감 제삿날에 딱 맞췄으니 우리 애들 고생은 덜겠다. 참말로 고생했대이. 내가 이거 하나 욕심 부렸드만 그래도 어찌어찌 잘 맞췄네. 근데 자는 새로 온 아가?"

"네."

"좀 맹하게 생겼다. 눈치코치 다 깔라믄 한 몇 달은 기다리야 되겠네. 니가 욕 좀 보겠대이."

메시는 할머니의 침대 발치에 털신을 놓았다.

"근데 이걸 왜?"

내가 조용히 물었지만 녀석은 대답이 없었다.

"한여름에 무신 털신이고 싶제?"

"아니, 전 그냥."

"할매 인자 밥상 접을라고 안 하나! 평생 우리 영감이라믄 치를 떨고 살았어도 남은 자식들 생각하믄 제삿날은 같아야제. 달짝지근한 맛은 없어도 싫은 반찬 하나 없는 밥상이었대이. 이만하면 잘 살았느니라. 야야, 인자 갈 때가 됐다. 신발 좀 신겨봐라."

나는 그제야 메시가 계절에 맞지도 않는 털신을 깨끗하게 빨아 할머니를 찾아온 이유를 짐작할 수 있었다. 할머니의 털신은 이 세상을 떠나기 위한 마지막 준비물이었다.

메시는 털신을 할머니의 발에 신겨 드린 후 그만 나가자는 표정으로 내 어깨를 두드렸다. 잠시 멈칫거리는 사이 할머니는 편안한 표정으로 다시 잠에 빠져들어 있었다.

할머니에게 돌아간 털신은 희망보다는 무겁고 절망보다는 가벼웠다. 그 무게를 돌려받은 할머니의 선택은 희망이랄 수도 절망이랄 수도 없는 모호한 것이었다. 기분이 착잡했다. 그런 심오한 결정을 받아들이기엔 내가 아직 어린 모양이다.

담담한 표정의 메시와 달리 나는 자꾸만 뒤를 돌아보고 있었다. 이 무거운 발걸음이 김하균 때문인지 끈을 놓아버린 할머니 때문인지 알 길이 없었다.

삐—. 할머니가 떠나셨음을 알리는 기계음이 복도 끝까지 울려 퍼졌다.

그놈의 일기

　새벽에 일을 마치고 돌아와 아침밥을 먹기 위해 밥상 앞에 앉았다. 밥을 먹으면서도 졸음이 파도처럼 몰려왔다. 새벽잠을 설친 건 똑같은데 팔팔한 메시에 비해 내 몸은 천근만근 무거웠다. 당최 피곤이란 걸 모르는 녀석의 강철 같은 체력이 부러웠다. 녀석은 입이 찢어지게 하품만 하는 나를 두고 또다시 벙커를 나섰다. 마침 미노도 달콤한 낮잠에 빠져 있어 오랜만에 빈둥거리는 재미에 빠져들었다. 늘어지게 기지개를 켜다가 눈에 띈 것이 김하균의 가방이었다.

　녀석이 살아 있다는 사실을 확인하자 안도와 동시에 호기심이 일었다. 김하균의 가방 속이 궁금해지는 건 녀석의 머릿속이 궁금한 것과 마찬가지로 있을 수 없는 일이라고 생각했는데 오늘은 내가 정말 심심한 모양이다. 녀석의 운동화도 잃어버린 마당에 남은 물건이라도 확인하고 돌려줘야 한다는 핑계가 떠올랐다. 하지만 막상 열어본 녀석의 가방은 혼수상태가 아니라면 잃어버리고는 잠도 오지 않을 중요한 물건들로 가득했다.

그동안 사용하는 것을 본 적이 없는 용도 불명의 노트북과 거금 23만 원이 든 봉투, 빈 빵 봉지들, 그리고 어디서 훔쳤는지 알 수 없는 자동차 스마트 키 하나, 이 구성에 전혀 어울리지 않는 다이어리, 이미 잃어버린 새 운동화까지 평소의 김하균을 떠올린다면 고개를 갸우뚱하게 만드는 물건들이었다. 도무지 녀석의 것이라고 믿을 수 없는 비싼 노트북은 그 출처마저 의심스러웠다.

게다가 열여섯 살 학생에게 어울리지 않는 자동차 키라니. 하다 하다 자동차까지 훔친 걸까? 이 녀석은 정말 속을 알 수 없는 이상한 놈이다.

그 와중에 노트북에는 구미가 당겼다. 벙커 생활의 무료함을 달래 줄 단비 같은 노트북의 등장은 기대 이상의 수확이었다. 물론 나는 다른 사람의 물건이나 뒤적이며 시간을 때울 만큼 한가하지 않았다. 메시가 신성한 노동의 현장에서 돈을 버는 동안 내게는 벙커를 청소하고 발전기를 돌려 그날 쓸 만큼의 전력을 채워 넣는 임무가 주어져 있었다.

메시는 아무 이유 없이 콘센트에 플러그가 꽂혀 있는 걸 못 봐주는 짠돌이 중의 짠돌이였다. 다리품을 팔아 어렵게 모은 전기를 시시덕거리는 텔레비전 쇼나 저 혼자만 팽팽 돌아가는 선풍기에 낭비하지 않는다는 이곳의 원칙은 군식구인 내게도 예외 없이 적용되었다. 돌아오면 보나마나 남은 전력량부터 확인할 녀석이니, 결국 자가발전 자전거에 앉아 일용할 전기를 채우는 것은 빈 벙커를 호사롭게 누리는 자유의 대가인 셈이다.

페달을 밟기 시작하자 윙 하는 둔탁한 소리를 내며 발전기가 돌아가기 시작했다. 불이 들어온 일곱 개의 막대에서 하나라도 더 늘리려면 족히 30분은 페달을 밟아 줘야 한다.

더도 덜도 말고 딱 막대 하나만!

사방이 꽉 막힌 더운 벙커 안에서 선풍기 날개 하나 돌리지 못한 채 자전거를 타려니 팥죽땀이 등줄기를 타고 흘러내렸다.

시시껄렁한 게임기라도 하나 있었다면 녀석의 노트북을 들여다보는 미친 짓은 하지 않았을 것이다. 혹시 그래픽이 최강인 최신 게임이 깔려 있을지도 모른다는 최면을 스스로에게 걸면서 정신없이 페달을 밟았다.

인내심이 한계에 다다르고 호흡이 가빠질 무렵 요지부동이던 여덟 번째 막대에 노란 불이 들어왔다.

"헉헉! 내가 이 짓을 다시 하나 봐라."

자전거에서 내려오는데 다리가 후들거렸다. 하지만 매끄럽게 돌아가는 노트북의 파워 음은 그 피곤함마저 싹 가시게 할 만큼

묘한 기대감을 안겨주었다.

시작 화면에 이어 팟 하고 나타난 푸른색 화면마저 반갑게 느껴질 정도였다. 그러나 그 기쁨도 잠시, 화면 한가운데 느닷없이 나타난 하얀 박스는 나를 다시 절망에 빠뜨렸다. 암호를 입력하라는 메시지와 함께 커서가 깜빡이고 있었다.

"어쭈, 꼴에 할 거는 다 해놨네."

원래 제 것이 아닐수록 자물쇠가 큰 법이라지 않나.

어쩐지 이 노트북의 원래 주인이 김하균이 아닐 거라는 확신이 강하게 일어났다. 누구한테 빼앗았든 학교에 들고 다닐 정도면 암호 하나쯤 걸려 있는 게 당연한 일이지만 남의 물건 갈취 전문인 김하균 같은 녀석에게 암호라니 지나가던 개도 웃을 일이다.

물론 내가 녀석의 암호를 알 길은 없었다. 녀석이 나를 모르듯 나 역시 녀석에 대해 아는 바가 없기는 마찬가지였다.

그 와중에도 커서는 깜박거리며 배터리의 전력을 갉아먹고 있었다. 녀석의 노트북이 겨우 채워 넣은 여덟 번째 막대의 구석구석을 열심히 갉아먹는 걸 뻔히 보면서도 암호가 뭔지 짐작조차 가지 않았다. 힌트랍시고 뜬 것은 달랑 'No'라는 단어 하나뿐이었다.

'Yes'도 아니고 'No'라니.

무한 부정의 에너지 'No'가 가져다준 것은 지난 30분 동안 흘린 구슬땀이 쓸데없는 짓이었다는 자괴감뿐이었다.

"이 녀석 생긴 거랑 안 어울리게 꼼꼼한 구석이 다 있네."

혼자 구시렁거리면서도 손가락은 열심히 키보드를 눌렀다.

'아니'

'아니오'

'아니다'

'아닙니다'

'싫어'

'싫다'

'싫습니다'

뭐야, 이 자식은?

계속되는 에러 메시지에 화가 나 노트북을 닫으려다 슬그머니 다른 암호를 입력해보았다.

'혹시 김하균인가?'

제 이름을 비밀번호로 썼을 리 없다는 걸 알면서도 나는 끝내 그 바보 같은 시도를 해보고 말았다.

'사용자 이름 또는 암호가 올바르지 않습니다.'

쳇! 그럼 그렇지.

'No'에서 유추할 수 있는 모든 부정어를 요리조리 바꿔가며 눌러보았지만 그 모든 노력에 대한 대답 역시 'No'였다.

무한히 반복되는 그 메시지를 들여다보고 생각할수록 짜증만 솟구쳤다.

혹시 숫자를 의미하는 힌트가 아닐까 생각하는 순간 가방에 들어 있던 녀석의 다이어리가 떠올랐다. 다이어리는 거의 새것에 가까웠지만 그래도 자신의 신상 정도는 끼적거려 놓았으니 몇 개의 힌트는 얻을 수 있으리라는 기대에서였다.

녀석의 학년, 반, 번호 3240

'사용자 이름 또는 암호가 올바르지 않습니다.'

녀석의 전화번호 뒷자리 4104

'사용자 이름 또는 암호가 올바르지 않습니다.'

녀석이 입에 달고 사는 말 1818

'사용자 이름 또는 암호가 올바르지 않습니다.'

화면은 끊임없이 거부의 메시지를 보냈다. 녀석의 머릿속을 현미경으로 들여다보지 않는 이상 도저히 알아낼 수 없는 암호였다.

몇 시간이나 암호를 치는 사이 어느새 잔여 전력량을 나타내는 막대가 두 개로 내려앉아버렸다. 전력량이 바닥났듯 내 하루치 인내심도 바닥을 드러냈다. 이 못난 짓을 하느라 다리품을 판 걸 생각하면 억울했지만 더 이상 끌다간 메시에게 무슨 험한 꼴을 당할지 모를 일이었다. 결국 그쯤에서 노트북을 덮고 내일을 기약할 수밖에 없었다.

나는 또다시 전력량을 채우기 위해 자전거에 앉아 미친 듯이 페달을 밟아야 했다. 일곱 개의 막대를 다 채우고 기진맥진했을 때 메시가 돌아왔다. 벙커로 돌아온 메시는 곧 잠자리에 들었지만 나는 말똥말똥한 눈을 깜박이며 좀처럼 잠을 이루지 못했다.

김하균은 도대체 어떤 녀석일까?

도대체 뭐가 그리 중요해서 아무도 건드리지 못할 제 노트북에 암호까지 걸어둔 걸까?

생각할수록 모를 녀석이다.

밤새 잠을 설쳤더니 아침에 늦잠을 자고 말았다. 평소의 메시라면 이불을 수십 번 걷어 젖혔을 텐데 오늘따라 이상하게 조용했다. 정신을 차리고 주위를 둘러보니 미노 역시 아직 침대에 누워 있었다. 미노는 해쓱한 얼굴로 잠이 든 상태였다. 메시는 미노의 이마에 젖은 물수건을 얹어주느라 이쪽은 돌아보지도 않았다. 아무래도 미노가 밤새 많이 아팠던 모양이다.

메시는 땀에 전 미노의 속옷을 조심스럽게 갈아입혔다. 그 순간 백지장처럼 새하얀 미노의 몸에 번진 울긋불긋한 피멍이 드러났다. 그 여리고 작은 몸에 도무지 어울리지 않는 멍 자국들을 보자 절로 인상이 구겨졌다. 인상을 쓰며 고개를 돌리려다 자리에서 벌떡 일어나 앉았다. 미노의 등 한복판에 자리 잡은 이상한 흉터가 정신을 번쩍 들게 만들었다. 어째서 일곱 살 아이의 등에 벌건 다리미 자국 따위가 있는 걸까?

미노가 서재에 있는 다리미를 왜 그토록 무서워했는지 그제서야 이유를 알 것 같았다. 끓어오르는 분노를 참을 수 없어 다짜고짜 메시의 멱살을 잡았다.

"미친 새끼! 네가 그랬어?"

"이거 놔라."

"미노 몸에 저 자국은 뭐야?"

"신경 꺼."

"네가 사람 새끼야?"

"신경 끄라니까!"

"너 이 새끼, 애한테 무슨 짓을 한 거야?"

"메시 형이 그런 거 아냐."

미노가 졸린 눈을 힘겹게 뜨며 말했다.

"미노야, 사실대로 말해. 이 새끼가 무서워서 그런 거면 형이 혼내줄 테니까."

"아니야, 메시 형은 나 고쳐주고 있는 거야."

그 말을 듣는 순간 멱살을 쥐었던 손이 무안해지고 말았다.

"알았으면 놓으라고."

메시가 성가신 표정으로 말했다.

"난 그냥……."

"넌 그냥 못 본 걸로 쳐."

"어떻게 못 본 걸로 쳐? 도대체 무슨 일이냐고?"

"여기 오기 전에 생긴 상처야. 그러니까 괜한 오지랖 떨지 말고 저리 꺼지라고."

평소 미노에게 끔찍한 녀석의 행동을 보면 절대 그럴 리가 없는데도 앞뒤 생각해보지도 않고 멱살부터 잡았던 게 슬슬 미안해지기 시작했다.

"메시 형, 나 두고 일 나갈 거야?"

"미안해, 미노야! 오늘은 약속된 일이라 가봐야 돼. 대신 가출이 형 두고 갈까?"

"아니, 나 혼자 있을게. 가출이 형이랑 빨리 다녀와."

"괜찮겠어?"

"둘이 가면 더 일찍 끝내고 올 거잖아."

"그래, 빨리 끝내고 올게."

미노 몸 상태도 걱정되고 몸도 피곤해 오늘 하루는 쉬고 싶은 마음이 굴뚝같았지만 메시는 나의 의견조차 묻지 않고 나를 '안 두고' 가는 걸로 결정했다.

"뭉그적거리지 말고 빨리 따라 나와."

"애를 저렇게 혼자 둬도 되는 거야?"

"괜찮을 거야."

"어디 아픈 거면 약이라도 지어 와야 되는 거 아냐?"

"약 먹는다고 낫는 병 아냐."

"그래도 병원이라도 데려가 보는 게⋯⋯."

"신경 *끄라고*!"

"그래, 끈다 *꺼*."

이쯤 지냈으면 속내를 털어놓을 법도 하건만 녀석은 여전히 내게 선을 긋고 있었다.

"우리가 남이냐?"

"당연히 남이지, 가족이라도 돼?"

"그래, 넌 참 좋겠다."

'더럽게 싸가지가 없어서!'

물론 뒷말은 적당히 끊어 속으로 구겨 넣었지만 이놈은 가끔 진짜 두들겨 패주고 싶을 만큼 재수 없을 때가 있다.

"몸의 상처는 금방 낫는 거야."

"그건 네 생각이고 미노는 아직 일곱 살밖에 안 된 어린애잖아."

"너처럼 마음과 몸이 따로 노는 인간이라면 몰라도 미노처럼 순수한 아이들은 달라. 마음의 상처가 곧 몸의 상처고 몸의 상처가 마음의 상처야. 마음만 건강하다면 몸은 금방 치유되는 나이야."

"그래서 다리미로 지진 그런 상처는 금방 치유되는 사소한 거라고?"

메시는 대답하는 대신 해치를 홱 열어젖혔다. 그리고 이렇게 말했다.

"너도 참 좋겠다."

"뭐가?"

녀석은 대답 대신 먼저 내려가라는 듯 고갯짓을 했다.

"내가 뭐?"

"더럽게 눈치가 없어서 좋겠다고!"

노들섬을 걸어가는 동안에 녀석은 한마디도 하지 않았다. 오늘은 아픈 미노 때문에 녀석의 기분도 저기압인 듯했다.

결국 아무 말 못하고 메시 뒤만 졸졸 따라 걸어가는데 그 길의 끝에서 부탄가스 통을 주워 담는 꼬부랑 할머니가 보였다. 꾀죄죄한 옷차림에 휘청 굽은 허리까지, 벙커에 들어오던 날 만났던 그 본드 할머니가 분명했다. 본드 걸은 들어봤어도 본드 할머니라니, 내가 붙여 놓고도 어이없는 이름이다.

메시 말로는 이 본드 할머니가 병원에서 환자들의 신발을 걷어 와 녀석에게 넘겨주는 일을 한다는데 어째 동업자로는 탐탁지 않은 외모라 내심 가까이 다가가기가 꺼려졌다.

본드 할머니의 자루는 오늘도 마시거나 쓰다 만 부탄가스 통들로 만선을 이뤘는데 아무래도 이 근처가 부탄가스 통이 가장 많이 나오는 금싸라기 땅인 듯싶었다. 할머니는 나를 보자마자 못마땅한 표정으로 혀를 끌끌 찼다.

"아유, 저 물건은 왜 달고 나왔어?"

거참! 듣고 있는 '저 물건'이 참 기분 나쁘네요.

하지만 메시는 할머니의 핀잔에 대수롭지 않은 듯 대답했다.

"제 발로 나왔어요."

"꼬맹이 집에 딱 붙여두라니까."

"그러니까 정말 그 운동화 못 봤어요? 숨기고 있는 거면 빨리 내놓으세요."

"에라, 이 썩을 놈아!"

"뻥치는 거 다 아니까 내놓으라고요!"

메시와 할머니 사이에 오가는 대화가 참 정겹기 그지없다.

"없다면 없는 줄 알아. 이놈이 사람 말을 뒷구멍으로 처먹었나."

"가지고 있어봤자 할매한테는 아무 소용없는 물건이잖아요. 좋은 말로 할 때 내놔요."

"있어야 주지 이놈아! 아니, 주인은 나 몰라라 하는데 왜 네가 나서서 난리 법석을 떠냐고!"

"그게 있어야 얘를 내보낼 거 아니냐고요."

"옆에 끼고 있으면서 일이나 부려 먹으면 되잖아."

할머니, 전 옆구리에 끼고 다니는 일수 가방도 아니고 일이나 부려 먹는 노새도 아니걸랑요.

순간 할머니의 예리한 눈이 나를 바라보며 말했다.

"아이고, 그놈 참 눈치도 더럽게 없게 생겼네."

"네?"

"그래, 넌 이름이 뭐냐?"

"아, 전⋯⋯."

'가출인데요'라는 말이 입 밖으로 나올 뻔했다.

"이름이 뭔지 기억이 안 나?"

"저 그게⋯⋯."

무안함에 슬쩍 메시를 바라봤지만 녀석은 팔짱을 낀 채 나 몰라라 구경만 하고 있었다.

"애가 어째 본드 마신 애들만큼이나 상태가 심각하냐. 본드 많이 마셔서 뇌 주름 쫙쫙 펴지면 나중엔 제가 누구인지 어디서 왔는지도 기억 못하게 된다는 걸 알고는 있냐?"

"전 본드 안 하는데요."

"이놈아, 그거나 이거나 엎어 치나 메치나. 머리는 모자 쓰려고 달고 다니냐?"

"⋯⋯."

"그래, 살던 집은 어디냐?"

"저 그게⋯⋯."

"그것도 기억 안 나?"

"할매, 그만 좀 해요. 쟤가 싫다잖아요."

메시가 할머니와 나 사이를 중재하고 나섰다.

"얼씨구! 쫓아내겠다고 발광할 때는 언제고!"

"그러니까 그 운동화 내놓라고 입 아프게 몇 번을 말해요."

"물건이나 받아 가, 이 잡놈아! 이번에는 좀 많이 들어왔다."

할머니는 카트에서 꼬질꼬질한 쌀 포대 두 자루를 들어 메시 앞에 던졌다. 할머니가 던진 꼬질꼬질한 포대에서 신발 몇 개가 툭 떨어져 나왔다. 신발을 주워 담고 포대 하나를 들어 보려다 너무 무거워 땅에 질질 끌고 오니 할머니가 한심하다는 표정을 지었다.

씨, 창피하게 꼬부랑 할매도 드는 걸 못 드냐!

다른 포대 하나를 번쩍 든 메시가 내 팔을 잡아끌었다.

"가자."

"근데 미노는 언제 나온다냐?"

할머니가 메시에게 물었다.

"몰라요."

"하긴 어리바리한 쟤가 언제 깨어나는지에 달렸겠지."

"네?"

"이놈아, 저놈이 쫓아낸다고 해도 미노한테 딱 달라붙어 있어야 네 목숨 보전하는 거다. 찰거머리처럼 찰싹 붙어 있으라고."

뒤통수에 내리꽂히는 본드 할머니의 충고는 악담을 넘어서 섬뜩하기까지 했다.

"새겨듣지 마. 원래 할매한테는 이놈 저놈이 애정 표현이니까."

"저 할머니 맛이 좀 간 거지?"

메시가 사납게 눈을 흘기며 말했다.

"말 함부로 하지 마. 말은 험하게 해도 미친 할멈은 아니니까."

내 참! 누가 누구더러 말을 함부로 한다는 건지 모르겠네.

메시와 나는 도망치듯 그 자리를 빠져나와 한강대교 쪽으로 걸어왔다. 메시 녀석은 한쪽 어깨에 포대를 이고서 폼 나게 걸어가는데 나 혼자 낑낑대고 있자니 갑자기 부아가 치밀었다.

저 녀석, 나한테 더 무거운 거 주고 저만 가벼운 거 든 거 아냐?

투덜대며 걷고 있는데 낚시꾼 무리에서 외따로 떨어져 앉은 할아버지 한 사람이 눈에 띄었다. 모자를 깊게 눌러쓴 채 강물만 바라보던 할아버지는 우리가 가까이 다가가자 잠시 고개를 들어 나를 쳐다보았다.

이상하게도 그 눈빛이 낯설지가 않았다.

"그냥 못 본 척하고 걸어가."

메시가 말했다.

"아는 사람이야?"

"네가 아는 사람이겠지."

"내가 저 할아버지를?"

"엮이면 네가 곤란해질 거야."

"무슨 뚱딴지같은 소리야?"

"역시 꼬여 들고 있어."

메시는 알 수 없는 말을 중얼거리며 잰걸음으로 걸어갔다. 뒤도 돌아보지 않고 벙커로 향하는 녀석을 쫓아가기에 아직 내 수영 실력은 형편없었다. 물개 같은 녀석의 뒤꽁무니를 쫓아 벙커에 도착하자 녀석은 이미 샤워를 마치고 2층으로 올라가버린 뒤였다. 해치를 열기 무섭게 달려와 먹을 것부터 찾던 미노가 없으니 뭔가 허전했다. 여전히 몸이 안 좋아 침대에 누워 있겠거니 생각하며 샤워를 하고 2층으로 올라가자 턱을 괴고 앉아 있는 미노의 동그란 등이 보였다. 미노는 뚫어져라 노트북을 들여다보며 게임 삼매경에 빠져 있었다.

"미노 너 괜찮아?"

문득 미노가 들여다보고 있는 게 김하균의 노트북이란 걸 깨달았다.

"어? 누가 맘대로 남의 물건 만지랬어?"

"원래 형 노트북도 아니라면서."

"미노 너!"

뒤늦게 '이게 아닌데……'라는 생각이 머릿속에서 형광등처럼 깜박거렸다. 미노가 어떻게 노트북의 암호를 알아냈는지가 더 중요한 사실이었다.

"야, 너! 어, 어떻게 들어갔어?"

"뭘?"

"암호 어떻게 풀었냐고?"

"아, 그거?"

미노는 뭔가를 말하려다 배시시 웃더니 이내 사악한 표정이 되었다. 아침까지 끙끙 앓던 파리한 얼굴은 온데간데없이 사라지고 장난기가 뚝뚝 묻어나는 표정을 짓고 있었다.

"가르쳐주기 싫은데."

"장난치지 말고. 암호가 뭐냐고!"

"나도 이거 쓰게 해주면 가르쳐주지."

"안 돼!"

나는 녀석을 밀치고 노트북을 빼앗았다.

"나 게임 레벨 올리고 있었단 말이야. 30분만 더 하게 해줘!"

"미노, 이놈의 새끼!"

그 순간 옷을 갈아입던 메시의 고함 소리가 온 벙커 안에 쩌렁쩌렁하게 울렸다. 메시의 시선이 벽에 걸린 전력량 표시계의 간당간당한 막대 하나에 고정돼 있었다. 겁을 집어먹은 미노가 내 등 뒤로 숨었다.

"밥 지을 전기도 없잖아!"

"몰랐어……."

"너 다시 저걸로 게임하다 들키면 국물도 없을 줄 알아!"

"혀엉!"

메시의 화가 애먼 노트북에 꽂히자 나는 덜컥 겁이 났다.

"야, 애한테 왜 그래? 발전기는 내가 지금 돌릴게."

메시가 이 새끼, 저 새끼, 또 전기 훔쳐다 쓰게 만드네, 투덜거리며 옥상에 있는 전선을 만지러 간 사이 나는 얼른 자전거에 올라 페달을 밟기 시작했다. 곧 불을 켜야 할 시간인 데다 밥을 짓는 데만 막대 두 개 정도의 전기가 필요하니 녹초가 된 메시가 화를 내는 것도 당연했다. 미노는 풀이 죽은 채 바닥에 옹송그리고 말없이 앉아 있었다.

"꼬맹이, 네가 아프니까 형이 대신해주는 거야. 이번 한 번만이다!"

나는 너그러운 척하며 미노에게 말했다.

"미안해."

"너 때문에 밥도 못 먹고 이게 뭐야. 가뜩이나 일하고 와서 힘도 없는데."

"미안해."

머리 아프게 고민해도 풀리지 않던 암호를 한 번에 풀어준 고마움 때문에라도 이깟 발전기 돌리는 일쯤이야, 하는 마음이 들었다. 하지만 미노보다 덜 순진하고 세상의 쓴맛을 많이 본 나는 내 마음을 숨기는 일에 익숙했다. 초반에 버릇을 잘못 들이면 저 노트북은 영영 녀석의 게임기로 전락할지도 모른다는 생각에 짐짓 너그러운 척 친절을 베푼 것이다.

"그러게 작작 좀 하지. 뭐가 그리 재미있다고 전기가 바닥날 때까지 게임을 하고 있어?"

"게임만 한 건 아냐."

"그럼?"

"일기 봤어."

"뭔 일기?"

"형이 쓴 일기. 그거 봤다고."

"글쎄, 내 노트북이 아니라니까!"

그나저나 녀석이 일기를 썼다는 건 조금 의외였다. 김하균과 일기라는 단어는 어딘지 모르게 어울리지 않는 조합이었다.

"진짜 일기가 있었어?"

"응, 그냥 살짝 봤어."

지금 이 순간만큼은 그 일기의 내용보다 패스워드 'No'가 무엇이었는지가 더 궁금했다.

"암호가 뭐였어?"

"형 진짜 몰라?"

"뭘?"

"0711이었어."

"그게 뭐?"

"형이 벙커에 처음 온 그날 7월 11일. 내가 아는 번호는 그거밖에 없어서 쳤는데 열린 거야."

"뭐라고?"

그건 처음부터 말이 되지 않는 소리였다.

김하균이 사고가 있었던 7월 11일을 어떻게 암호로 쓸 생각을 했을까? 그리고 미노가 내가 벙커에 온 7월 11일을 기억해 내 잠금을 풀 수 있었다는 것도 납득이 되지 않았다. 지나친 우연이라는 말밖에 달리 설명할 길이 없었다.

그 저녁 이후 내 생각은 온통 김하균의 노트북에 집중되었다. 틈이 날 때마다 자전거 페달을 밟아 전기를 충전해둔 것은 혹시나 시간이 생겨 노트북을 켤 수 있을 때를 대비한 것이었다. 하지만 전력량을 채우자 또다시 갈등이 생겼다.

다른 사람의 깊숙한 마음을 들여다보는 것에 대한 두려움이 몰려왔다. 더구나 그 상대가 전혀 알고 싶지 않은 김하균이라는 점이 마음에 걸렸다.

아니, 실은 녀석의 진심을 알고 이해하게 될까 봐 두려웠다.

김하균이 왜 그토록 아이들을 때리고 괴롭혔는지 그 깊숙한 속내를 알게 되면 그 폭력을 정당한 것으로 받아들이고 이해하게 될까 봐 거부감이 들었다. 어쨌든 김하균이란 녀석을 그렇고 그런 '나쁜 놈'으로 기억하는 편이 마음 편할 것 같았다.

'알고 보면 좋은 사람'이라는 말에는 그 사람을 알기까지 '시간'과 '노력'을 들이다 보면 대부분의 사람이 이해 가능한 존재가 된다는 함정이 숨어 있다.

그 사람의 과거, 자라온 환경, 주변 사람들과의 관계 따위를 받아들이고 이해하는 일이 어려운 것인데, '알고 보면 좋은 사람'이라는 결론에는 '이해와 공감이라는 힘든 과정을 거치면'이라는 말이 쏙 빠져 있는 셈이다. 나는 힘들게 노력을 기울여 녀석을 이해하게 되는 게 싫어서 일기를 보지 않기로 마음먹었다.

하지만 그 결심은 채 하루를 넘기지 못했다. 눈앞의 과자를 지나치지 못하는 미노보다도 참을성이 없다는 자괴감이 들었지만 그 부끄러움은 오래가지 않았다. 호기심은 새벽잠마저 달아나게 만들었다. 미노와 메시가 잠든 시간, 노트북을 들고 몰래 서재로 올라가 녀석의 일기를 열었다.

일기는 3월 초 새 학기부터 시작되고 있었다.

3월 12일

에이, 이놈의 집구석!

이놈, 저놈 할 거 없이 다 돈 잡아먹는 기계들이야!

뼈 빠지게 돈 벌어다 주면 고마운 줄 모르고 카드 값에 홀랑, 학원비에 홀랑, 마트에서 홀랑!

여편네가 집에서 살림을 개판으로 하니 집구석이 이 모양이지.

그리고 저 새끼는 학원을 몇 개를 보내는데 성적이 그대로야?

저 자식 다니던 학원도 다 끊어버려.

아버지가 늘상 써먹는 레퍼토리다.

엄마와 나는 돈 까먹는 돈 귀신이고 아버지는 돈 벌어 오는 기계라는 말……

아버지의 말대로라면 학원을 다니는 만큼 학교 성적도 올라야 하는데 당최 성적이 오르지 않으니 내가 이상한 놈이다.

하지만 그 논리대로라면 학원을 끊으면 성적이 떨어지는 게 당연한데 또 그랬다간 온 집 안이 뒤집어질 게 분명하다.

무엇보다 참을 수 없는 건 이 모든 이야기가 단 한 번도 평온하게 오간 적이 없다는 사실이다.

아버지는 늘 화를 내며 말한다.

화를 내지 않을 때는 밥을 먹을 때와 말하지 않을 때뿐이다.

우리 가족은 말이 없을 때가 가장 평화롭다.

어렸을 땐 그런 아버지를 이해하려 애썼다.

술 때문에 그렇다는 엄마의 말을 그대로 믿고 참고 넘기던 시절이 있었다.

하지만 나는 아직도 그날을 선명하게 기억한다.

영어 학원을 빼먹고 친구들과 놀다 와서 아버지에게 들켰던 그날.

비에 흠뻑 젖어 집에 돌아왔을 때 아버지가 문 앞에 서 있었다.

왜 비를 맞았냐고 물었다.

나는 우산이 없어서 비를 맞았다고 했다.

아버지의 손이 올라간 순간 번쩍하고 눈앞에 불꽃이 일었다.

아버지는 다시 물었다.

왜 비를 맞았냐고.

나는 겁에 질린 채 우산도 없었고 차를 못 타서 비를 맞았다고 대답했다.

내 대답이 끝나기가 무섭게 또다시 눈앞에서 번쩍 불꽃이 튀었다.

너는 영어 학원을 빼먹었다는 걸 숨기고 애비 앞에서 말장난이나 치는 새끼라고.

겨우 중학교 1학년이던 나는 아버지가 원하는 대답이 무엇인지 끝내 알지 못했다.

왜 비를 맞았냐는 질문에 학원을 빼먹어서 죄송하다는 말로 대답해야 한다는 사실을 알지 못했다.

바짝 엎드려 손이 발이 되게 빌어야 한다는 걸 미처 알지 못했다.

"이 새끼! 지 애비가 그 수모를 당하고 벌어 온 돈을 학원에 공돈으로 갖다 바쳐?"

그제야 알 수 있었다.

아버지는 그날 밖에서 좋지 않은 일이 있었고, 그 때문에 기분이 별로였다는 걸.

그걸 분출할 대상은 힘없는 엄마와 나뿐이라는 걸 그때 나는 깨달았다.

아버지의 폭력은 술 때문이 아니었다. 내가 잘되길 바라는 마음 때문도 아니었다.

단지 아버지 스스로가 만든 화를 분출하기 위한 것이었다.

그걸 알게 된 순간부터 나는 아버지를 증오했다.

엄마는 아버지를 말리려다 몇 번이나 나가떨어졌다.

엄마가 불쌍하다.

왜 아버지 같은 사람을 만나 이 고생일까?

왜 나를 낳아서 헤어지지 못하고 저렇게 사는 걸까?

4월 25일

– 아들, 오늘은 학원 마칠 때 아빠가 데리러 갈 테니까 엄마 몰래 수제 햄버거 먹으러 가자!

– 카드 문자 엄마한테 날아가잖아. 엄마한테 혼날 텐데.

– 괜찮아. 카드 안 긁으면 모를 텐데 뭘.

– 아빠, 엄마는 귀신이거든요.

– 어쩔래?

– 학원 째고 나가면 안 돼?

– 8시?

– 쉬는 시간 8시 20분부터야.

– OK!

망할! 이 문자를 보지 말았어야 했다.

찐따 같은 우윤석 새끼한테 이렇게 분에 넘치게 다정한 아버지와 따뜻한 가족이 있다는 걸 알고 난 뒤 뭔가 억울해졌다.

아니, 억울하다 못해 분노가 치밀어 올랐다.

엄마는 늘 사람 사는 게 다 거기서 거기라고 하지 않았나.

뚜껑을 열어보면 집집마다 골치 아픈 일 한두 가지쯤 짊어지고 사는 거라고 했다.

우리 집만 이렇게 정나미 뚝뚝 떨어지고 콩가루 날리며 사는 건 아니라고, 어느 집에나 집어 던져 박살이 난 물건 하나쯤은 있는 거라고 믿고 살아왔다.

가끔씩 들려오는 윗집 말다툼 소리에 마음이 편해질 때도 있었다.

그런데 우윤석의 문자를 보는 순간 속이 쓰리다 못해 아팠다.

치열 교정기를 끼고 늘 입가에 거품을 물고 있는 그 녀석이 부럽기까지 했다.

그 바보 같은 녀석과 나를 바꾸고 싶다는 생각이 들 정도로.

녀석의 새 휴대폰이 부러운 게 아니었다. 그 문자에 담긴 행복과 따뜻한 가족이 부러웠다.

그래서 더 녀석을 괴롭혔는지도 모른다.

나에게 없는 행복을 그 녀석이 가지고 있기 때문에 더더욱.

녀석은 대체 무슨 복을 가지고 태어났기에 그렇게 좋은 아버지를 뒀을까?

나는 전생에 무슨 잘못을 저질렀기에 우리 아버지 같은 사람을 아버지로 뒀을까?

4월 30일

엄마가 아버지 몰래 새 운동화를 사 주었다.

엄마는 늘 아버지 몰래 내게 필요한 모든 걸 사 주었다.

키가 자라 작아져버린 청바지도, 운동화도, 인터넷 강의를 들을 노트북도.

키가 자라고 발이 커지고 공부 하는 것까지 눈치를 봐야 하는 인생 따위 이젠 지긋지긋해. 토할 것 같아.

아버지는 알까?

내가 아버지보다 더 큰 신발을 신는다는 걸 알고나 있을까?

265밀리 아버지의 구두 옆에서 점점 자라고 있는 내 운동화를 볼 때마다 내가 무슨 생각을 하는지, 엘리베이터 뒤에 서서 아버지의 어깨를 내려다보며 얼마나 이를 악무는지 아버지는 알고나 있을까?

참는 건 개한테나 줘버리라지.

이제는 참고 사는 것도 지긋지긋해.

5월 12일

저녁 메뉴가 또 제육볶음이다.

젠장! 그렇게 돼지고기 싫다고 노래를 불러도 또 제육볶음.

엄마는 도대체 내가 하는 말을 듣기나 하는 걸까?

싫다, 먹어라! 싫다, 먹어라!

그 지겨운 밥상머리 싸움이 싫어 또 빵으로 때웠다.

질겅질겅 빵을 씹으며 텔레비전을 켜는데 하이에나 새끼 한 마리
가 화면을 가득 메웠다.

새끼인데도 이빨이 제법 날카롭다.

맹수 엄마 아빠로부터 물려받은 공격 호르몬인 테스토스테론 때문
이라나.

그래서 같이 태어난 형제를 물기도 한단다.

하지만 그건 새끼 하이에나의 잘못이 아니다.

그걸 물려준 부모의 잘못이다.

내게 제육볶음을 먹인 엄마의 잘못이다.

5월 26일

할아버지의 기제사였다.

올해도 어김없이 제사상엔 할아버지가 좋아하시던 머릿고기가 올
라갔다.

제사상에 머릿고기와 막걸리를 올리는 집은 우리 집밖에 없을 거다.

할아버지는 술만 마시면 온 집 안을 난장판으로 만들었다고 한다.

아버지는 할아버지와 그 술 모두가 지긋지긋하다고 했다.

하지만 지금의 아버지는 할아버지의 예전 모습 그대로다.

그렇게 싫다면서 그 싫은 모습을 그대로 닮았다.

아버지는 할아버지의 제사상을 등지고 한참 동안이나 앉아 있었다.

지금 할아버지와 아버지 사이에는 아무 말이 없다.

생전 하지 못한 말이 숙제처럼 쌓여 있어도 두 사람은 말 한마디 나누지 못한다.

엄마 말로는 할아버지가 살아 계실 때도 두 사람 사이엔 대화가 없었다고 했다.

할아버지가 좋아했던 머릿고기가 아버지의 입으로 들어간다.

우적우적, 아버지는 좋아하지도 않는 그 머릿고기를 고무 씹듯 씹어 먹는다.

돼지고기라면 질색을 하는 나처럼 아버지 역시 머릿고기를 싫어한다.

하지만 유독 제사상에 오른 머릿고기만은 예외다.

질경질경 고기를 씹는 아버지의 무표정한 얼굴 위로 많은 것들이 스친다.

할아버지에게 못다한 말들이 그 머릿고기를 통해 할아버지에게 전

달되기라도 하는 것처럼.

나도 언젠가 아버지의 제사상을 등지고 앉아 머릿고기나 씹어 먹게 될까? 상상만 해도 끔찍하다.

6월 3일

5교시 국어 시간에 아이들 절반이 엎드려 자는 걸 보고 국어가 혀를 끌끌 차며 말했다.

"이런 불쏘시개 같은 새끼들!"

멀뚱히 바라보는 아이들을 보며 국어가 한숨을 푹 내쉬었다.

"불쏘시개가 뭔지도 모르는 불쏘시개들아. 그건 나무토막에 불을 옮겨 붙이는 나뭇가지나 나뭇잎 쪼가리 같은 거다. 불을 지피지만 정작 자기는 오래 탈 수 없는 운명이라고. 장작이 활활 타오르는 동안 자기 자신은 발화점을 넘기지 못하고 사그라져 재가 되는 게 너희 같은 불쏘시개 인생들이란 말이다."

그 순간 국어와 눈이 마주쳤다.

네가 웬일로 잠을 안 자고 수업을 듣냐는 얼굴이다.

얼른 자는 척 책상에 엎드렸지만 오랜만에 정신이 또렷해졌다.

그 단어를 듣자마자 아버지가 떠올랐다.

아버지의 삶이야말로 그 불쌍한 불쏘시개 인생이 아닐까?

마음이 먹먹하다.

불쏘시개의 아들 역시 불쏘시개일 뿐이라서.

나도 뭔가를 태울 만큼 열정적인 삶을 살 것 같지 않아서.

내 인생이 활활 타오르기도 전에 재가 되어 고꾸라질 것 같다.

잠시 일기장에서 눈을 떼고 깊은 숨을 들이마셨다.

아닌데. 하균이란 놈은 그저 애들 돈이나 뺏고 주먹질이나 하는 날건달 같은 놈인데.

나쁜 새끼라는 말이 절로 나오는 현실의 김하균과 달리 일기장 속의 김하균은 너무 일찍 세상을 알아버린 애어른 같았다. 녀석이 이런 생각을 하고 있었다는 게 믿기지 않을 정도였다.

이게 진짜 김하균이었을까?

확산 실험에서 끝까지 자기 생각을 굽히지 않았던 그 김하균이란 녀석, 남들 하는 대로 쫓아가기보다 멈춰 서서 자신의 생각을 들여다볼 줄 알았던 그 옛날의 김하균이 떠올랐다.

그때와 지금, 자신을 표현하는 방식이나 농도의 차이는 있을지 몰라도 김하균은 김하균이었다. 우리는 진짜 김하균을 몰랐던 게 분명했다. 머릿속에서 경고음이 울렸다. 더 들여다봤다간 머릿속이 복잡해질 테니 이쯤에서 멈추라는 메시지다. 하지만 나는 이미 일기 속 녀석의 마음속으로 빠져들고 있었다.

다음 장을 열었다.

6월 28일

재수 없는 반장 새끼!

제일 먼저 등교하는 녀석이지만 그 아침에 출근하는 아빠의 차에 얹혀오는 걸 알고 있다.

가끔은 학교를 마칠 때 제 엄마가 데리러 오기도 한다.

아빠 등짝에서 엄마 등짝으로 얹혀 다니는 한심한 새끼!

수학이 시험 범위 가르쳐준 게 언젠데 수업 끝날 때 그걸 또 묻고 있냐.

반장은 수학 시간에 딴짓하고, 수학은 그것도 모르고 반장 좀 본받으라는 시답잖은 소리나 하고.

이 새끼는 초등학생 때나 지금이나 달라진 게 없다.

가짜 암모니아 실험 때도 그랬다.

주변 눈치 보느라 손을 든 주제에 감기에 걸려 그런 줄 알았다고 구린 핑계나 대던 웃긴 새끼다.

녀석의 일기 속에서 발견한 내 얘기가 낯설다. 녀석이 나를 이렇게 한심한 인간으로 여기고 있었다는 걸 알고 나니 불쾌해졌다.

내가 한심하면 저는 대단한 뭐나 되는 줄 아나 보지?

구시렁거리며 다음 장을 읽으려는 순간 마음이 멈칫했다.

7월 11일, 녀석에게 사고가 일어난 그날이다. 노트북의 암호가 가리키는 의미심장한 그날!

깜박깜박.

다시 들여다볼 자신이 있냐고 커서가 되묻고 있었다. 이제부터가 진짜인데 더 깊이 들여다볼 자신이 있냐고 깜박거린다. 이해 따윈 하고 싶지 않지만 보고 싶은 호기심을 억누를 수도 없었다. 결국 나는 무언가에 홀린 사람처럼 다음 장을 열었다.

7월 11일

현관문을 열고 들어서자마자 엄마가 허둥지둥 나를 밀어냈다.

엄마는 맨발이었다.

"이따 12시 넘어서 네 아버지 주무시면 그때 들어와."

"왜? 무슨 일인데?"

"일단 나가!"

엄마는 무언가에 쫓기는 사람처럼 다급했다.

"이 새끼 집에 한 발짝이라도 들이면 당신도 쫓겨날 줄 알아."

아버지는 단단히 화가 난 상태였다.

무엇 때문에 화가 났는지 그 이유 따위는 중요하지 않았다.

문제는 그 화가 풀릴 때까지 내가 아버지의 눈에 띄지 않아야 한다는 점이다.

엄마의 어깨 너머로 이미 난장판이 되어버린 거실과 어지럽게 널린 내 시험지들이 보였다.

아버지의 손에 찢겨 너덜너덜해진 시험지들로선 억울할 일이었다.

이미 몇 주 전에 성적표가 날아와 한바탕 난리통을 치렀던 시험이었다.

어쩌다 시험지가 아버지 눈에 띈 게 틀림없었다.

제멋대로인 아버지에게 짜증이 솟구쳤다.

아버지가 엄마와 나를 불쾌한 감정을 쏟아버리는 하수도쯤으로 여기는 게 미치도록 싫다.

지난번에 혼났던 그 시험이라고 말했다간 대든다고 또 혼날 게 뻔하다.

급하게 문을 닫으려던 엄마가 내 손에 정신없이 봉투 하나를 쥐여주었다.

제법 묵직해서 세어보니 23만 원이나 되는 거금이었다.

아버지한테 그렇게 들들 볶이면서 비상금은 어떻게 만들어뒀는지 엄마도 참 대단하다.

봉투를 받아 들자 현관문이 닫혔다.

이상하게도 억울한 마음은 들지 않았다.

지긋지긋한 이 난장판을 피해보려 고민을 하지 않은 것은 아니다.

가출을 하든지 공부를 열심히 해서 기숙사가 딸린 고등학교에 진학할까 생각하기도 했다.

하지만 아무것도 할 수 없었다.

이 집 안에 방패막이 하나 없이 엄마만 두고 떠나는 게 싫어서였다.

아버지를 참아주기만 하는 엄마가 밉지만 나 대신 아버지의 화를 받아 낼 엄마를 두고 떠나는 것도 싫다.

밖을 헤매다 집으로 돌아온 건 새벽 1시가 다 되어서였다.

그런데 현관문이 열리지 않는다.

현관 비밀번호가 바뀌어 있었다.

덜컥덜컥 문을 잡아당기는 소리가 들릴 텐데도 아무도 나와 보지 않는다.

마치 나란 인간이 이 철문 안의 사람들에게 아무런 의미가 없는 존재인 것처럼.

다시 엘리베이터를 타고 버튼을 누르려는데 갑자기 가슴이 먹먹해졌다.

나는 갈 곳이 없다.

25층 아파트 어디에도 내가 갈 곳은 없다.

아무 버튼도 누르지 않자 엘리베이터조차 꼼짝을 않는다.

할 수 없이 지하 주차장으로 내려왔다.

새벽 1시에 갈 곳이라곤 아버지의 차밖에 없었다.

내가 아버지의 여벌 차 키를 가지고 있는 걸 아는 사람은 아무도 없다.

뒷좌석 문을 열고 드러누워 있자니 기분이 이상했다.

차에 밴 아버지의 냄새는 마치 아버지가 옆에 있는 것처럼 나를 불편하게 만들었다.

확 이걸 훔쳐서 떠날까?

그럼 이 차를 찾든 날 찾든 둘 중에 하나는 찾으려고 노력이라도
할 테니까.

아니, 아까 그냥 들어가서 몇 대 맞고 참을 걸 그랬나?

며칠 전에 맞은 상처가 아직도 욱신거리지만 그래도 그냥 참을 걸
그랬나?

7월 11일 새벽에 마지막으로 저장된 일기는 여기서 끝을 맺
었다. 하지만 나는 마지막 문장에서 눈길을 거둘 수 없었다.

녀석은 그 악몽 같은 새벽을 보내고 아무 일도 없다는 듯 학
교에 왔던 모양이다. 그리고 평소처럼 하루가 시작되었고 돌이
킬 수 없는 사고가 일어나고 말았다.

그런데 왜 하필 7월 11일이었을까?

녀석은 마치 누군가가 자신의 하루를 그쯤에서 끝내주기를
바라기라도 하듯 일부러 그런 짓을 저질렀던 것인지도 모른다.
자신에게 다가온 불행을 일부러 벌집 쑤시듯 헤집고 터뜨려 끝
을 보려고 했던 걸지도…….

녀석은 엄마가 내민 그 돈 봉투를 집을 떠나라는 의미로 받아
들였던 게 분명했다. 더 이상 희망이 없다고 느꼈을지도 모른다.

결국 일기를 들여다보고 녀석의 진심을 알게 되어버렸다.

이런 결과를 맞이하리란 걸 예상하지 못했던 건 아니지만 마음 한편에 돌무더기를 올려 둔 듯 가슴이 답답하고 무거워졌다. 어설프게 남의 마음을 들여다보다가 이도저도 아니게 발을 뺄 수 없는 상태가 되리란 걸 짐작하지 못한 것도 아니면서 나는 갈피를 잡지 못했다.

누구든 이해하려고 들면 이해할 수 있는 진심이 있다고 생각했으면서도 그게 이렇게 어두운 심연일 줄은 몰랐다. 김하균의 마음속에 그런 심연이 있을 줄은 정말로 몰랐다. 뒤늦은 후회가 밀려왔다.

새벽까지 잠을 설친 탓에 또 늦잠을 자고 말았다. 부스럭거리는 소리에 눈을 떠보니 메시와 미노는 짐 가방을 싸느라 분주했다. 미노는 외출복까지 입고 잔뜩 신이 난 얼굴이었다.

"형, 나 어때?"

"멋진데."

"헤헤."

"근데 니들 어디 가?"

"미노 병원에."

메시는 물건 챙기느라 내 쪽은 돌아보지도 않고 말했다. 나는 더 늦기 전에 밤새 지은 죄를 메시에게 털어놓기로 했다. 녀석이 신부님도 아닌데 왠지 고해 성사라도 해서 이 불편한 마음을 내려놓고 싶다는 생각이 들었다.

"나 어젯밤에 그 녀석 일기 봤어."

"안 볼 것처럼 굴더니."

"그냥 잠이 안 와서⋯⋯. 근데 이 자식 조금 불쌍하더라고. 완전히 이해가 되는 건 아니지만 어쩌면 자기만의 세계에 갇혀 살았겠구나 싶더라."

"⋯⋯."

"일기에 이런 얘기를 적어 놨더라고. 우리 반 우윤석이라는 녀석한테 휴대폰을 빼앗았는데 일주일 뒤에 걔가 새 휴대폰을 가지고 왔다는 거야. 그래서 이전에 빼앗은 걸 돌려주고 새걸 제 호주머니에 챙기면서 세상이 졸라 불공평한 것 같지 않냐고 물었다는 거야."

"그래서?"

"걔가 그렇게 나쁜 애였을까? 태어날 때부터 엄마 탯줄을 지근지근 물어뜯고 나온 독종도 아니었을 텐데 말이야. 김하균 엄마도 그래. 아무리 남편이 무섭다고 해도 아들을 꼭 그렇게 내쫓아야 했을까? 역시 사람 마음을 깊이 들여다본다는 건 피곤한 일이야. 깊이 봐 놓고 이해해주지 않으면 사귀자고 해놓고 사랑하지 않는다고 하는 거랑 다를 게 없잖아."

"심리학 박사님 나셨네."

메시는 짐을 정리하느라 말대꾸도 귀찮은 눈치였다. 미노도 자기 물건을 챙기느라 바빠 나만 외톨이가 된 기분이었다.

"병원 간다면서 웬 짐을 그렇게 싸?"

"그럴 일이 있어."

녀석이 시큰둥하게 대답했다.

"근데 미노 옷이 좀 작은 거 같은데?"

"미노 이리 와봐."

메시는 미노의 바짓단 이곳저곳을 들여다보며 말했다.

"우리 미노 새 옷 사야겠다. 그새 키가 컸네."

"우와! 나 키 컸어."

미노는 발그레한 볼을 비벼대며 배시시 웃었다. 그러고 보니 미노는 얼마 전 아프고 난 뒤로 혈색도 좋아지고 키도 부쩍 자란 것처럼 보였다. 메시가 미노에게 들리지 않게 나직한 목소리로 말했다.

"너도 슬슬 준비를 해야지."

"나도 같이 가는 거야?"

"아니, 약속했던 한 달이 다 됐잖아. 원래 네가 있던 곳으로 돌아갈 준비를 하라고."

녀석의 그 한마디가 마음을 무겁게 했다. 아직 마음의 준비도 안 됐는데 이제 정말 돌아갈 때가 온 모양이다.

"우린 좀 걸릴 거야. 점심 잘 챙겨 먹어."

"나 혼자만?"

"그럼 내가 밥까지 먹여줄까?"

막상 메시와 미노가 벙커를 비우고 나 혼자 남겨진다니 섭섭한 마음이 들었다.

"발전기 안 돌려 놔도 되니까 그냥 너 쓰고 싶은 만큼 쓰고 대충 채워놓기만 해."

"얼마나 걸리는데?"

"몰라. 한 몇 시간 정도."

"그럼 어제 받아온 저 신발들은 어떡하고?"

"놔둬. 내가 갔다 와서 할 테니까. 뭐, 네가 시킨다고 할 녀석도 아니겠지만."

자기 덩치만 한 가방을 짊어진 미노는 신이 난 듯 이리저리 뛰어다니며 메시를 재촉했다. 메시는 미노의 옷을 한 번 더 단단히 여미었다.

"형, 빨리빨리!"

"다녀올게."

미노를 먼저 물속으로 들여보낸 뒤 뒤따라 들어가던 메시가 다시 물 밖으로 고개를 내밀며 말했다.

"참, 혹시나 해서 말인데 우리가 없는 동안 이 해치 잘 닫아 놔."

"왜?"

"다른 사람이 들어올 수도 있으니까."

"여길 누가 찾아와? 걱정 말고 다녀와."

"만약에 비상사태가 생기면."

"비상사태?"

"벙커에 뭔 일이 생기면 당황하지 말고 그냥……."

"그냥 뭐?"

"그냥 있으라고."

메시는 그 말만을 남긴 채 미노와 해치 너머로 사라졌다.

김 사장과 김 할아버지

메시와 미노는 오후가 될 무렵 다시 벙커로 돌아왔다.

어디를 다녀왔는지 무슨 일이 있었는지에 대해선 두 사람 모두 아무 말이 없었다. 메시는 서재 깊숙한 곳에 숨겨두었던 작은 운동화 한 켤레를 꺼내 미노에게 주었다. 미노는 앙증맞은 그 운동화를 제 손으로 빨아 볕이 드는 옥상에 올려두고 잠이 들었다.

메시가 물건을 사러 노들섬으로 나간다기에 얼른 따라나서긴 했지만 할 일 없이 쫓아만 다니자니 좀이 쑤시긴 매한가지였다. 그래도 온종일 벙커에 죽치고 앉아 구들장에 들러붙은 머리카락처럼 지낼 바에야 하는 일 없어도 이리저리 돌아다니는 편이 좋았다.

저녁이 되자 노들섬의 분위기가 180도 바뀌었다.

낮의 한가로운 분위기와 밤의 퇴폐적인 분위기가 2교대를 한 것 같달까.

낚시터나 텃밭을 메우던 낮의 사람들과 대부분이 불량 청소년인 밤의 사람들 사이의 묘한 2교대였다.

땅거미가 지기 시작하자 메시가 돌아갈 준비를 했다. 인적이 끊어진 둔치를 걸어가는데 길 한복판에서 혼자 소주를 마시고 있는 아저씨 하나가 보였다. 구깃구깃한 양복하며 며칠째 못 깎은 듯한 덥수룩한 수염, 게다가 널브러진 빈 소주병들까지 딱 우울한 실업자 냄새가 풍겼다. 그 아저씨로부터 불과 몇 미터 떨어진 곳에는 며칠 전 마주친 할아버지가 앉아 있어 묘한 대조를 이뤘다.

'저 실업자 아저씨에서 20년쯤 마디 점프를 한다면 이 할아버지가 되어 있겠구나' 하는 생각이 든 순간 술에 취한 아저씨와 눈이 마주치고 말았다.

"야!"

"……."

"야! 어른이 부르면 재깍재깍 와야 할 거 아냐!"

그 취객은 낚시꾼도 아니었고 메시가 아는 사람도 아니었다. 하지만 메시는 귀찮은 일에 엮이지 말라는 듯 슬쩍 고개를 내저었다.

"편의점 가서 소주 좀 사 와라."

"그런 일 안 해요."

"돈 줄게."

"……."

"만 원이면 되냐?"

"……."

"이만 원!"

삐딱한 말투가 흥정이 아닌 시비조로 들렸다.

"상대하지 마!"

메시의 말에 가던 길을 재촉하려는데 혀 꼬부라진 목소리가 뒷덜미에 날아와 꽂혔다.

"이 자식아, 술 사오라고!"

"우리가 왜요?"

"돈 준다잖아, 돈!"

되도록 부딪치지 않고 지나가는 게 상책이었다. 하지만 남자는 끈질기게 들러붙으며 협박 반, 어르기 반으로 소주 한 병을 외쳐 댔다.

"소주 한 병만 사고 잔돈은 너 다 가져, 새끼야!"

'부탁해요'를 붙여도 해줄 수 없는 일인데 '새끼야'란 말까지 붙여 줬으니 공손한 거절이 나올 리 없었다.

"난 아저씨 새끼 아니니까 심부름은 아저씨 새끼한테 시키시죠."

"어쭈, 요놈 좀 보게. 어디 감히 니들 같은 본드쟁이들이랑 우리 아들을 비교해! 우리 아들은 학원에서 열심히 공부하고 계시다, 짜샤!"

이 말을 들어주고 있는 내가 한심해질 지경이어서 그저 고개를 설레설레 저으며 갈 길을 재촉했다. 내가 말대꾸도 없이 가려 하자 남자는 흐트러진 넥타이를 쭉 뽑더니 자리에서 비틀거리며 일어섰다. 남자가 아무렇게나 휘젓는 손에 메시의 가방이 붙잡혔다.

"야, 시커먼 놈! 너라도 다녀와."

"놓으시죠."

"그래, 키도 큰 게 달리기 잘하게 생겼네. 네가 다녀와라."

메시가 남자의 손을 거칠게 뿌리치자 남자의 몸이 크게 휘청거렸다.

"오, 이 새끼가 힘 좀 쓰는데?"

메시의 주먹에 불끈 힘이 들어가는 게 보였다. 보다 못한 내가 메시와 아저씨 사이를 갈라놓았다.

"저희 지금 집에 가야 된다고요. 아저씨도 술 많이 드셨으니까 그만 가세요."

"가출한 새끼들이 집이 어딨어? 니들 여기 한강 다리서 노숙하며 앵벌이 하는 애들이잖아!"

"저희 노숙 안 해요."

"그럼 집이 어디냐?"

"……."

"거봐, 집도 절도 없는 것들이! 니들 가출한 거 맞잖아."

순간 말문이 콱 막혔다. 이래서 취한 사람은 상대를 말라는 거구나.

"그만해, 상대하지 말라니까!"

메시의 역정에 발길을 돌리려는 순간 남자가 내 팔을 붙잡고 늘어졌다. 당황해 팔을 뿌리친다는 게 그만 힘 조절이 안 돼 남자를 쓰러뜨리고 말았다.

쿵!

남자가 바닥에 엉덩방아를 찧으며 쓰러졌다. 이유야 어찌 됐든 괜히 미안한 마음이 들었다.

"아저씨, 괜찮아요?"

"아이고, 이놈이 사람 잡네."

"그러게 할 일 없으면 집에 가지 왜 여기서 시비를 거세요?"

"요놈 말하는 거 좀 보게? 네 눈에도 내가 할 일 없는 놈팡이로 보이냐?"

"……."

"오냐, 할 일도 없는데 여기서 발 닦고 잠이나 자야겠다."

남자는 일어서서 입고 있던 옷을 하나둘 벗기 시작했다. 양복 상의를 벗고 벨트를 끄르더니 아예 바지까지 훌러덩 벗어던 졌다. 해 질 무렵 한강에서 배 나온 중년 남자의 옷 벗는 모습을 보는 일은 웃기다 못해 기괴하기까지 했다. "내가 서울에 아파 트가 몇 채였는데 이깟 소주로 병나발이나 불고 있냐"라는 남 자의 넋두리가 길어지자 옆에 있던 할아버지가 주섬주섬 낚싯 대를 챙겨 자리를 뜨는 모습이 보였다.

그래, 이런 인간 옆에 있다가 괜히 성가신 일에 휘말리느니 자리를 피하는 게 상책이지. 날이 더워지니 점점 이상한 사람들 이 한강 둔치를 제 집 삼아 모여드는구나.

남자는 정말로 잠을 잘 생각인지 그대로 대자로 누워버렸다. 남자가 정신을 놓은 사이 메시는 뒤도 돌아보지 않고 물속으로 들어갔다. 나도 더 귀찮은 일에 엮이기 전에 물속으로 뛰어들었 다. 이렇게 사람들과 엮일 때마다 싹둑싹둑 감정들을 베어 내서 귀찮아질 여지를 주지 않는 메시의 능력이 부럽게 느껴졌다.

벙커로 돌아갈 때마다 좀 더 조심해야지, 이래서 문단속 잘하 라고 했구나, 생각하면서 첨벙첨벙 물속으로 들어갔다.

'술 마신 진상과는 상종하지 않는 게 상책이야. 그러게 왜 취 했을 때 얼쩡거리다가 한 대 얻어맞냐고.'

하균의 일기장에 적힌 하균 아버지의 말이 생각났다.

'사람이 돌부리를 피해 가야지 돌부리가 사람을 피해 가냐!'

하균 아버지의 그 징글징글한 개똥철학들이 한강 물속까지 따라 들어오는 것 같았다.

짊어진 가방의 무게 때문에 잠영 대신 평영으로 앞으로 나아가고 있는데 갑자기 섬뜩한 느낌이 들었다. 고개를 돌려 뒤를 바라본 순간 마치 순간 이동이라도 한 듯 소리 없이 다가온 그 남자가 있었다.

소스라치게 놀라 발버둥을 치는데 남자는 기어이 내 목덜미를 잡고 귀신처럼 들러붙었다.

"야, 이 새끼야! 같이 죽자!"

"이거 놔요!"

"같이 죽어!"

"미쳤어요?"

"그래. 미쳤다, 미쳤어!"

"이거 놔요!"

"죽으려면 나도 데리고 가!"

"죽긴 누가 죽어! 이거 놓으라고! 야, 메시!"

주위를 둘러보았지만 메시는 벌써 입구로 들어간 듯 모습이 보이지 않았다. 물은 이미 내 키를 훌쩍 넘을 만큼 깊었고 죽자 사자 덤비는 남자를 완력으로 떼어 내기도 벅찬 상황이었다. 술에 취한 남자가 웬 힘이 그렇게 센지 장사가 따로 없었다. 시간이 갈수록 점점 힘이 빠지는 쪽은 나였다. 이렇게 된 이상 나도 이판사판이란 생각이 들었다. 이 아저씨가 물을 먹든 말든 물속으로 끌고 가 떼어 내는 수밖에 없었다. 나 하나 살아야겠다고 마음먹는 순간 솜뭉치처럼 축 늘어졌던 몸에 힘이 솟았다. 물속으로 끌려온 남자가 발버둥을 치자 그 순간을 놓치지 않고 남자를 밀어냈다.

물을 먹은 남자가 허우적대며 수면 위로 솟구쳤다.

순간 불쌍한 생각도 들었지만 내 코가 석자인 마당에 누가 누굴 걱정해주나 싶어 마음을 접었다. 이 사람이 어떻게 될까 뒤를 생각할 겨를조차 없었다. 앞으로만 내달려 간신히 벙커 입구에 다다른 순간 몸이 암초에 걸린 듯 더 이상 나아가지 않았다. 놀라 뒤돌아보니 물귀신보다 더 지독한 그 남자가 가방에 매달려 있었다. 벙커의 입구까지 잘도 쫓아온 걸 보면 생긴 건 코끼리같이 생겼어도 수영 실력 하나는 끝내주는 모양이다. 남자가 우악스럽게 잡아당기는 바람에 다시 수면 위로 끌려 나오다시피 올라올 수밖에 없었다.

"푸! 아저씨 미쳤어요? 이러다 둘 다 죽는다고요!"

"저, 저거 뭐야, 저거! 이상한 문, 저거 혹시 저승 문이야?"

순간 속이 뜨끔했다. 그 정신없는 와중에 벙커의 문을 본 모양이다.

"저 세상으로 가는 문인 거냐고?"

"문은 무슨 문이 있다고……."

시치미를 떼는 수밖에 없었다.

"거기로 들어가는 거지? 그렇지?"

"이 아저씨가 진짜!"

"나도 가자! 나도 데리고 가!"

"놔요!"

우악스럽게 내 목덜미를 움켜쥔 남자의 손에서 빠져나오려 애썼지만 죽기를 각오하고 매달리는 술 취한 남자를 떼어 내기에는 역부족이었다. 설상가상 물살이 가장 빠른 교각 입구까지 떠내려온 데다 짐 가방의 무게까지 이중 삼중으로 난관이었다.

남자 역시 서서히 힘이 빠지는가 싶더니 본능적으로 살기 위해 나에게 매달리는 꼴이 되었다. 물에 빠진 코끼리보다 더 무거운 남자를 등에 매달고 다시 강둑까지 헤엄칠 힘은 남아 있지 않았다. 그때 물살을 헤치고 나타난 누군가의 손이 남자의 목덜미를 잡아끌었다. 조금 전까지 강가에 앉아 낚싯대를 드리우고 있던 그 할아버지였다.

"학생, 괜찮아?"

"이 아저씨 좀 어떻게 해주세요."

"이봐요, 정신 차려!"

할아버지는 아저씨의 목을 뒤에서 감싸 안고 내게서 떼어 내려 했다. 하지만 반쯤 정신줄을 놓고 있던 남자가 갑자기 눈을 번쩍 뜨더니 더 우악스럽게 내 목덜미를 안고 짓눌렀다.

"나 좀 살려줘! 살려줘!"

"진짜 둘 다 죽는다니까요!"

"이봐, 그 손을 놔야지!"

우리 두 사람이 남자를 떼어놓으려 애쓸수록 남자는 내 목이 마지막 생명줄이라도 되는 양 더 악착같이 매달렸다.

"살려주세요."

좀 전까지 죽겠다고 매달리던 남자가 이제는 살려 달라고 악을 쓰고 있었다. 제정신과 술기운이 동시에 돌기 시작한 남자는 한 치 앞으로도 나아갈 수 없는 거센 물살에 겁을 집어먹고 있었다. 할아버지가 남자를 떼어내려 해도 역부족이었다. 그럴수록 남자가 더욱 힘껏 내 머리를 짓누르는 통에 연거푸 물을 마시는 쪽은 나였다.

이렇게 어이없이 죽을 수도 있는 거구나.

불과 10분 전에 만난 남자 때문에 내 인생이 허무하게 끝날 지도 모른다고 생각하니 억울해 미칠 지경이었다.

그때였다.

퍽 하는 둔탁한 소리와 함께 머리를 짓누르던 코끼리 아저씨가 떨어져 나갔다. 수면 위로 올라와 정신을 차리고 보니 메시가 나를 물속에서 끌어내 기둥으로 밀어붙이고 있었다. 술 취한 남자는 코피를 흘리며 힘없이 할아버지의 팔에 매달려 있었다.

"골치 아픈 일에 끼어들지 말라니까."

메시가 내 어깨에 메고 있던 가방을 건네받는 사이 나는 거친 숨을 몰아쉬었다. 그 와중에도 가방을 벗어던지지 않은 내 자신이 용할 정도였다.

"저 사람들은?"

"어두워서 안 보일거야. 그냥 들어가."

"아니, 할아버지한테 저 아저씨 혼자 맡기는 건 무리잖아."

"오지랖 좀 거두시지."

메시의 싸늘한 반응에 더 이상 대꾸할 말이 없었다. 어둠이 짙게 깔린 교각 사이로 남자의 목소리가 울려 퍼졌다.

"영감, 이 손 좀 놓으라고! 그 문! 나도 데리고 가란 말이야."

"이보게, 젊은 사람이 왜 이러나. 정신 좀 차리라고."

"난 봤어, 분명히 봤어! 거기에 있는 거 내가 다 봤다고. 영감님, 사장님, 난 괜찮으니까 이거 좀 놔 주세요. 난 저 문으로 들어가야 돼요."

남자의 말에 메시의 얼굴이 딱딱하게 굳어졌다. 나를 보는 메시의 차가운 표정이 일을 이렇게 키운 건 너라고 그 책임을 묻고 있었다.

"어이쿠!"

할아버지의 외마디 비명 소리와 함께 뭔가가 북 찢어지는 소리가 들렸다. 한 손으로 이마를 잡고 기둥에 간신히 붙어 있는 할아버지 외에 남자의 모습은 어디에도 보이지 않았다. 이 인간이 할아버지를 떼어 내겠다고 끝내 패륜을 저지른 모양이었다.

이마에서 피를 흘리는 할아버지를 그대로 두고 모른 척할 수는 없는 노릇이었다. 메시의 얼굴에 짜증을 넘어선 분노가 스멀거리고 있었다.

하지만 이 급류에 강둑까지 할아버지를 부축해 가기도 힘들고 또 부축해 간들 구급차를 부르고 사람이 올 때까지 기다리기도 힘든 일이었다. 메시가 싫어해도 달리 도리가 없었다. 일단 할아버지를 벙커로 데리고 가 상처를 수습하는 게 급선무였다.

"벙커로 데리고 가자."

"규칙 잊었어?"

"그럼 저대로 두라고?"

"벙커는 네 집이 아냐!"

"일단 사람은 살리고 봐야 할 거 아냐."

"네가 쫓겨나는 걸 감수하면서 그럴 수 있어?"

메시의 말이 신경 쓰이지 않은 것은 아니었다. 다만 나를 살리려 앞뒤 보지 않고 물속에 뛰어든 이 할아버지를 나 몰라라할 수 없다는 양심의 가책이 더 무거웠을 뿐이다.

"쫓아내든 말든 네가 결정해. 하지만 할아버지는 부탁할게."

"……."

단호하게 말하자 메시도 더 이상 막아서지 않았다.

메시가 할아버지를 부축하는 동안 나는 혹시나 하는 마음에 주변을 둘러보았다. 하지만 주정뱅이 아저씨는 이미 모습을 감춘 지 오래였다.

그 수영 실력이면 벌써 둔치로 올라갔으리라 짐작했다. 죽겠다고 따라왔으면서 살겠다고 내 머리를 짓누르던 걸 생각하니 하도 어이가 없어 헛웃음만 나왔다. 그 남자에 대한 걱정은 깨끗이 접고 다시 물속으로 들어왔다. 물에서 몸싸움을 벌인 터라 벙커 위로 올라서자마자 바닥에 널브러졌다. 그런데 먼저 들어온 메시가 옷도 갈아입지 않은 채 망부석처럼 서 있었다.

"안 들어가고 뭐 해?"

녀석은 그대로 묵묵부답이다. 끙끙대며 일어서자 그제야 휘둥그런 눈으로 주위를 둘러보고 있는 그 남자가 보였다. 저 망할 인간이 어떻게 여길!

남자는 할아버지를 떼어 내고 우리가 그쪽에 매달린 사이 용케도 입구를 찾아 들어온 모양이었다. 그 난리 통에 술이 깨고 정신이 들었는지 사탕 가게를 발견한 아이마냥 신이 난 얼굴로 벙커 이곳저곳을 둘러보고 있었다.

"이봐, 내가 뭐 있을 줄 알았다니까!"

"아저씨 뭐예요? 여기가 어디라고 함부로 들어와요!"

"형, 저 아저씨 누구야?"

2층에서 내려오던 미노가 놀란 표정으로 물었다.

"어쭈, 꼬맹이까지 대가족이네. 야, 니들 좋은 데 산다. 서울

하늘 아래 이런 데가 있었네."

"아저씨는 누구세요?"

"나는 저 형아들 삼촌이야."

남자가 미노의 뺨을 꼬집자 미노가 아픈 듯 비명을 질렀다.

"그 손 치워!"

메시의 싸늘한 한마디가 방 안에 울려 퍼졌다. 그 소리에 움찔한 남자가 미노에게서 손을 거두며 말했다.

"이 새끼, 나이도 어린놈이 어른한테 반말이야."

"남의 집에 무단 침입한 도둑놈한테 존댓말 해줄까? 좋은 말로 할 때 이 집에서 꺼져!"

"하, 이 새끼 보게!"

남자는 조금 당황하다가 이내 표정을 바꾸며 맞은 상처를 내보였다.

"이건 어쩔 건데? 이거 진단서 떼면 8주는 너끈해."

"지금 물속에 던지면 8주든 80주든 상관없어. 어차피 물고기 밥이 될 테니까."

"이 자식이……."

"죽기 싫으면 지금 나가."

메시의 그 말이 진심이란 걸 아는 사람은 나뿐만이 아니었다. 겁을 집어먹은 남자의 태도가 한결 공손해졌다.

"죽겠다는 사람 살려놓고 이제 와서 죽으라고 등 떠미는 거야?"

"난 당신 살려준 적 없어."

"나보고 어쩌라는 거야?"

"꺼져!"

처음이나 지금이나 벙커에서 나가라고 윽박지를 때의 녀석
은 전혀 다른 사람인 듯 냉랭했다.

"이보게, 젊은이!"

입을 굳게 다물고 있던 할아버지가 말문을 열었다.

"저 사람이 무슨 사정이 있는지는 몰라도 술도 마셨고 몸 상
태도 좋지 않으니 일단 오늘만 넘기게 해주게. 내일이 되면 내
가 책임지고 데리고 나가지."

메시의 눈이 할아버지를 내려다보았다. 할아버지의 얼굴은
이미 흘러내린 피로 엉망이었다. 수건으로 이마의 상처를 누르
고 있지만 벌어진 상처에 강물이 스며들었으니 응급 처치가 시
급했다. 메시가 미노를 돌아보며 분을 삭이는 게 느껴졌다. 미
노 역시 갑작스레 벌어진 일에 놀란 얼굴이었다.

"형, 저 할아버지 피 나."

"……."

"치료 안 해줘?"

"저 사람들은 여기 있으면 안 돼."

"그래도 아프니까 상처는 치료해줘."

미노의 그 한마디에 망부석처럼 꼼짝 않던 메시가 움직였다. 메시는 구급상자를 가지고 와 할아버지의 상처를 소독하며 나를 비롯한 모든 불청객에게 다짐을 받듯 말했다.

"한 시간을 머물든 열 시간을 머물든 이 집에 온 이상 주인의 말이 법입니다. 누구든 이 벙커의 규칙을 어기면 그 순간 바로 물속으로 직행일 테니까 그렇게 아십쇼. 그 전에 제가 참는 건 딱 세 번입니다. 그 세 번을 어기면 그 뒤는 저도 책임 못 집니다."

할아버지를 응급 처치한 뒤 메시는 혼자 서재로 올라가버렸다. 메시가 사라지자 꿔다 놓은 보릿자루처럼 쭈뼛거리며 서 있던 남자가 투덜대기 시작했다.

"저건 도대체 어디서 굴러먹은 개뼈다귀라 말이 저렇게 반토막이야?"

"우리 형 아저씨보다 나이 많아요. 내 수호천사인데 한 몇 백 살은 될 거예요. 그리고 형은 벙커에 다른 사람이 들어오는 거 싫어해서 그래요."

"어린놈이 삥 한번 시원하게 잘 치네. 근데 여기가 벙커냐? 군인들이 있던 데였나 보지?"

"그건 아니지만 보통 사람들은 들어올 수 없는 곳이에요. 내가 문을 열어주지 않으면 해가 질 때랑 뜰 때만 들어올 수 있는 곳이에요. 가출이 형도 그래서 들어왔어요."

"미노야!"

미노의 입을 막으려고 했지만 이미 뱉어버린 말을 주워 담을 수는 없었다. 벙커의 비밀을 안 남자가 입가에 묘한 미소를 흘리며 말했다.

"아, 해가 뜰 때랑 질 때만? 게다가 저 가출이란 녀석도 들어온 지 얼마 안 됐고? 그럼 이참에 새 식구 하나 더 늘린다고 생각하라고."

아예 눌러앉겠다는 투로 말하는 저 뻔뻔함이라니, 둔치에서 옷 벗을 때부터 알아봤어야 했는데.

"여기 한 달에 얼마냐?"

"뭐가요?"

"월세 뭐 이런 거 있을 거 아냐? 넌 얼마 내고 있냐고."

"그런 거 없어요."

"그래? 그것도 잘됐네."

대신 죽자 사자 자전거를 타서 발전기를 돌려 놔야 하고, 길 잃은 영혼의 운동화를 빨아줘야 하죠. 그리고 아저씨는 내일 떠나거나 물고기 밥이 될 거고요.

목구멍에 탁 걸린 말들이 줄을 섰지만 꾹 눌러 삼켰다.

남자는 기분 나쁘게도 입맛을 쩝쩝 다시며 주위를 훑어보았다. 좋은 예감은 틀려도 나쁜 예감이 잘 틀리지 않는 이유는 그 마이너스의 힘이 보내는 신호가 강력하기 때문이다.

남자의 입맛을 다시는 버릇과 술 취해 주사를 부리는 행동들이 갑자기 일기장 속 김하균의 아버지를 떠올리게 만들었다. 왜 한 번도 보지 못한 김하균의 아버지가 떠올랐는지 나도 모를 일이다. 둔치에서 남자를 떠다박지르지 못한 것이 후회스러웠지만 이미 늦은 일이었다.

할아버지를 2층으로 모시자 별책 부록처럼 남자가 따라왔다.

내가 할아버지를 위해 내준 철제 침대에 이 뻔뻔한 남자가 벌렁 드러누웠다. 메시가 가지고 온 마른 옷 두 벌을 헤집어 제일 만만한 옷을 먼저 골라 입은 남자는 제 집처럼 편안한 자세로 자리를 잡았다. 남자가 찢어 놓은 할아버지의 셔츠는 꿰매기도 민망할 정도로 엉망이라 결국 쓰레기통에 박혔다.

"근데 여기 주소가 어떻게 되냐? 등기부에 올라 있기는 한 거야?"

남자가 다시 물었다.

나는 그의 말에 장단을 맞춰주지 않았다. 남은 옷을 갈아입은 할아버지가 그 옆에 서니 두 사람의 모습이 대번에 비교되었다. 같은 사이즈 옷을 입고도 불뚝 튀어나온 배를 감추지 못하는 남자와 옷이 헐거운 할아버지 사이에서 세월의 간극이 느껴졌다.

뻔뻔한 남자와 달리 할아버지는 연신 미안한 얼굴이었다.

"미안하다, 괜히 신세만 져서."

"괜찮아요."

"미안은 얼어 죽을! 보아하니 쟤들도 거저 얻어 사는 집 같구먼."

정작 미안해야 할 꼴불견 아저씨가 오히려 목소리를 높였다.

"염치없게 들어와서 불편하게만 만들고."

"아니에요."

남자는 할아버지와 내 대화에 끼어들어 계속 훼방만 놓았다.

"영감님도 다 내 덕에 여기 구경하는 줄 아십시오! 그리고 너희도 이왕 이렇게 된 거 어쩌겠어? 사람 둘 살린다 치고 놔두라고. 근데 여기 사는 건 너희 셋뿐이냐? 어른은 없어?"

남자의 뻔뻔한 호구 조사에 답해주고 싶은 마음은 조금도 없었다.

남자는 눈으로 벙커의 이곳저곳을 훑으며 허락도 없이 텔레비전의 전원을 켰다. 하지만 눈은 연신 벙커를 살피느라 정작 켜 놓은 텔레비전에는 관심조차 없었다.

"한강 교각에 있는 벙커라니 아주 물건이네."

"관심 끄시고 텔레비전도 끄세요."

"아저씨, 텔레비전 안 보면 꺼야 돼요. 전기 함부로 쓰는 거 보면 메시 형이 강물 속에 던져버린댔어요."

옆에 있던 미노도 나를 거들고 나섰다.

"꼬맹아, 아저씨가 네 형아보다 더 힘세거든?"

한번 붙어보시죠. 결과가 어떻게 되나.

속으로는 이 불편한 남자가 그런 식으로라도 내쳐지길 간절히 바라고 있었다. 그나저나 메시는 무슨 생각으로 이 이상한 남자가 머무는 걸 봐주고 있는 걸까?

아무리 내가 부탁했다고는 하지만 할아버지가 아닌 이 남자까지 참아주는 건 평소의 메시답지 않다는 생각이 들었다. 그 생각 사이로 남자의 염치없는 말이 불쑥 끼어들었다.

"애들은 좀 이상해도 이 집은 쓸 만하겠네."

이 웃긴 아저씨가 누구더러 이상하다는 거야.

"이상하면 지금 당장 나가시든가요."

"누군들 여기가 좋아서 있냐. 어쩌다 보니 끌려오게 된 거구만."

끌려오긴 개뿔! 제 발로 들어와 벌렁 드러누웠으면서.

"내가 사업에 실패만 안 했어도 한강 다리 밑이 어찌 생겼는지 생전 구경이나 했겠냐고. 그놈의 돈이 원수지."

"애들도 피곤할 테니 그만 눈 좀 붙이세."

보다 못한 할아버지가 남자를 타일렀다.

"영감님이야 고꾸라진 인생이니 다리에서 고기를 낚든 세월을 낚든 억울하진 않겠지만 난 이 팔팔한 나이에 이게 뭡니까? 인생 꼬락서니 한번 엿같이 변해서 좋을 때야 김 사장, 김 사장 하며 굽실대던 놈들이 개털 되고 나니 내 전화는 돈 빌리는 전화인 줄 알고 수신 거부부터 하더라고요."

자칭 김 사장의 신세 한탄은 받아주는 사람이 있든 없든 밤새 계속될 눈치였다.

　　"나도 저만한 나이에는 내가 커서 진짜 한 방 하는 인생을 살 줄 알았죠. 인생사 재미는 없어도 희망은 있었다 이 말입니다. 영감님쯤 되면 줄 놓고 사는 인생 억울하진 않으시잖아요. 근데 마흔 줄에 세상에서 밀려나면 얼마나 엿 같은지 압니까?"

　　"마흔이었나?"

　　할아버지는 지그시 눈을 감고 생각에 잠겼다.

　　"집에 있는 마누라랑 애새끼는 나를 돈 찍어대는 기계인줄로만 알고 둘이 짝짜꿍이 돼서 나만 따돌린다 이겁니다. 사업 망하고 돈 못 버니까 사람 취급을 안 해요. 아들놈은 머리 굵어졌다고 반항하질 않나. 제 방으로 숨어서 말 한마디 섞질 않으니."

　　"그 나이 때야 다 그렇지."

　　"지가 먼저 사근사근하게 말을 붙여야지. 애비가 저한테 미주알고주알 말을 붙일까."

　　"이봐, 김 사장. 뒷이야기는 다음에 하고 애들도 있는데 이제 그만 자리에 들지."

　　"아, 속 탄다! 니들 숨겨둔 술 같은 거 없냐?"

　　"우리 그런 거 안 마시는데요."

　　"아저씨 그렇게 꽉 막힌 사람 아니야. 너희들 술 마시는 거 뭐라고 안 할 테니까 마실 거 있으면 꺼내봐."

"아저씨 목말라요?"

순진한 미노가 남자에게 물었다.

"꼬맹이, 아저씨가 돈 줄 테니까 네가 술 사 올래?"

진상 밉상 화상 모두 다 합쳐놓는다 해도 이 아저씨 한 사람만 할까 싶었다.

"그만하세요!"

내가 버럭 소리치자 남자는 괜히 할아버지에게로 말머리를 돌렸다.

"영감님! 내 얘기 좀 더 들어보시라고요."

남자는 작정한 듯 일어나 앉아 이야기를 계속했다.

"내가 친구 놈 하나 때문에 이렇게 만신창이가 되었어요. 몇 년 전에 사업을 시작했는데 동업자 친구 녀석이 날 사기 혐의로 고소한 거 아니겠어요? 어휴, 갈아 먹어도 시원찮을 새끼!"

"아저씨!"

내가 미노의 귀를 막고 그만하라는 눈치를 보내는데도 남자의 이야기는 계속됐다.

"가게 차리는 데 들어간 제 알량한 돈 몇 푼 안 내놓는다고 친구를 고소하는 놈이 세상에 어디 있습니까?"

"친구 간에도 돈 거래는 확실해야 하잖나."

"친구한테 돈 빌려주면 친구 잃고 돈도 잃는다는 게 딱 그 짝이에요."

암요, 그 친구가 친구 잃고 돈도 잃은 딱 그 짝이겠죠.

"근데 영감님은 어떤 일 하셨어요?"

"난 조그만 부품 업체 운영하다가 손을 뗐네."

"오호, 사장님이셨네."

"다 넘기고 나왔어. 일을 안 해서 적적할 때도 있지만 지금이 마음은 훨씬 편해."

"내친 김에 바짝 버셨어야죠. 돈줄은 쥘 때 바짝 쥐어야 하는 거라고요."

"그게 요물이어서 쥐고 있으면 더 빠져나가려고 하잖나."

"그러니 부지런히 좇아서 내 손에 움켜쥐어야죠."

"돈이란 게 큰 덩어리에만 들러붙는 차진 성질에 좇을수록 멀어지는 날새 같은 기질이 있으니 내 것이 아니다 싶으면 놓는 것도 수야."

그때 해치를 점검하고 들어오던 메시가 얼음장같이 차가운 목소리로 말했다.

"누가 제일 마지막에 화장실 썼어?"

"저 아저씨가!"

미노와 나는 누가 먼저랄 것도 없이 진상 아저씨를 손가락으로 가리켰다.

"원 아웃입니다."

"내가 뭘!"

"한 번만 더 불 켜고 올라오면 가만 안 둡니다."

"이 자식이 뭘 그런 걸 가지고!"

김 사장의 목소리에 날이 섰다.

"누가 이 아저씨더러 침대 쓰라고 했어?"

"야, 임마! 너 몇 살이야? 보자 보자 하니까 이 새끼가 아까부터 사람을 호구 취급하네?"

그때 미노가 아저씨 앞을 가로막으며 말했다.

"근데 형! 이 아저씨가 텔레비전도 마음대로……."

이번에는 김 사장이 미노의 입을 막고 짐짓 딴청을 부렸다. 쓰리 아웃 당하면 강물로 던져 넣는다는 말을 귓등으로 들은 건 아닌 모양이었다. 말로는 어른인 걸 내세웠지만 메시의 눈치를 보는 게 분명했다. 김 사장이 24시간 편의점 같은 입을 굳게 다물더니 스리슬쩍 침대 위에서 내려와 바닥 박스 위에 누웠다.

"미노야, 불 꺼!"

"어, 형!"

"그리고 두 분, 내일 새벽 5시 1분 1초의 지체도 없이 퇴실입니다."

피도 눈물도 없는 녀석의 살벌함에 나까지 오금이 저렸다.

그날, 좁은 벙커 안에서 다섯 남자의 쌕쌕거리는 숨소리에 잠을 이루지 못한 건 나뿐만이 아니었다. 이불을 뒤척일 때마다 들리는 김 사장의 구시렁거림은 오랫동안 많은 생각을 떠올리게 했다.

그가 마치 하균의 일기장 속에 적혀 있던 불순한 불쏘시개 같다는 생각이 들었다.

아버지의 삶이야말로 그 불쌍한 불쏘시개 인생 아닐까?
마음이 먹먹하다.
불쏘시개의 아들 역시 불쏘시개일 뿐이라서.
나도 뭔가를 태울 만큼 열정적인 삶을 살 것 같지 않아서.
내 인생이 활활 타오르기도 전에 재가 되어 고꾸라질 것 같다.

아버지와 자신의 앞날에 대해 담담한 말투로 얘기하던 하균의 목소리가 귓가에서 맴돌았다. 김 사장 역시 쉬이 데워지고 쉬이 식어버리는 불쏘시개의 삶이라 저리도 억울하게 맺힌 게 많은 걸까 싶었다.

하지만 나 역시 불쏘시개일지 활활 타는 장작일지 온전히 내 자신을 던져본 적이 없긴 마찬가지다. 내가 발화점을 넘긴 질 좋은 장작인 양 저 아저씨를 비난할 자격은 없는 거겠지.

많은 생각을 끌어안고 까무룩 잠이 들었다가 어둠 속에서 눈이 번쩍 떠졌다. 그사이 꿈을 꾼 것인지, 어떤 먹먹함이 자꾸만 나를 짓누르며 무언가를 기억해내길 종용하고 있었다.

내가 기억해내야 할 무엇인가가 무엇일까?

이런 바보 같은 생각으로 어둠 속의 천장을 응시하며 누워 있었다. 그때 미노가 끙끙대는 소리가 들렸다. 아무래도 미노가 또 열이 오르는 모양이었다. 갑자기 방 안에 불이 환하게 켜지더니 메시가 자리에서 일어났다. 메시는 칭얼대는 미노의 이마에 물수건을 올려놓고 옷을 갈아입더니 외출 준비를 마쳤다.

두 군식구의 존재 때문에 미노의 병에 대해 물어볼 수는 없지만 딱딱하게 굳어 있는 메시의 표정이 복잡한 상황을 대변해주고 있었다. 부스럭거리는 소리에 눈을 뜬 미노가 힘없는 목소리로 물었다.

"형, 어디가?"

"약 구해서 올게. 미노는 잠 좀 더 자 두고 가출이 너는 먼저 아침 준비해. 저 두 사람은 내가 다녀온 다음에 처리할 테니까 벙커는 비우지 마."

"언제 올 건데?"

"몰라. 몇 시간일 수도 있고 그 이상일 수도 있고."

"가는 날이 장날이네. 멀리 가는 거야?"

메시는 대답이 없었다. 하지만 김 사장 역시 이불 속에서 눈만 빠끔히 내민 채 이 모든 얘기를 듣고 있었다. 그걸 메시도 모를 리 없었다.

"내가 없는 동안 벙커의 규칙은 여기 가출이가 설명해줄 거고 그걸 따르지 않은 사람은 돌아와서 제 마음대로 처리합니다. 그리고 혹시나 해서 하는 말인데 이곳에선 나이 짬밥 같은 건 안 통하니까 굴러온 돌들은 무조건 박힌 돌의 말을 따르세요!"

하지만 김 사장은 이불을 머리 위까지 끌어올리며 잠든 척 딴청을 피웠고 할아버지는 자리에서 일어나 메시를 배웅해주었다.

"걱정 말고 다녀오너라."

"가출이, 넌 잠깐 나 좀 보자."

메시의 말에 할아버지는 자리를 피해주듯 다시 잠자리로 돌아갔다.

해치를 열고 다리만 반쯤 물속에 담근 메시가 잠시 내 얼굴을 돌아보며 말했다.

"저 두 사람 감당하기 힘들 거다. 지금 이렇게 만나선 안 되는 사이지만 아무튼 있는 동안은 잘 지내봐."

"두 사람한테 무슨 문제라도 있어?"

"문제가 있다면 너한테 있지. 출발은 같은데 사는 시간이 다른 존재들이니까."

"뭐?"

녀석은 답답한 듯 한숨을 푹 내쉬었다.

"갑갑하다. 널 기다리는 게."

"내가 뭘?"

"네가 너무 멍청해서 갑갑하다고."

"야!"

"가출아, 힌트 하나 줄게. 토끼풀, 토끼, 개가 있어. 이 셋을 둘로 나눠 묶어봐."

"뭔 소리야?"

"셋을 나눈다면 넌 어떻게 나눌 거냐고."

"그야 토끼풀과 토끼, 그리고 개겠지."

"그건 관계로 보는 거야. 넌 토끼의 식량인 토끼풀과의 관계를 더 크게 본 거고, 반대로 동물이라는 본질에서 보면 토끼와 개가 한 묶음이 될 수도 있는 거고. 마찬가지로 여기 다섯 사람을 두 부류로 나누면……."

메시는 답할 수 있는 여지를 주었다.

"그야 너랑 미노랑 내가 한 팀, 저 김 사장이랑 할아버지가 또 한 팀 이렇게 나눠지겠지."

"아니, 난 나와 미노를 하나, 김 사장과 할아버지, 그리고 너를 또 한 묶음으로 본다. 네가 본 건 네 눈에 비친 관계로만 본 거고 내가 나눈 건 사람의 본질로 나눈 거야."

"내가 어딜 봐서 저 사람들이랑 한 세트냐?"

"내 눈엔 너나 김 사장이나 할아버지나 같은 울타리 안에 있는 사람들이야. 뭐, 지금 이런 말을 해도 넌 이해 못하겠지만. 아무튼 이게 지금 내가 줄 수 있는 유일한 힌트야."

"차라리 욕을 해라, 욕을 해. 할아버지는 몰라도 저 김 사장

아저씨는 너무하잖아."

"시간이 많지 않아. 빨리 답을 찾는 건 네 손에 달려 있어. 그리고 이 꼬인 관계를 바꿀 수 있는 사람도 너밖에 없어."

"내가? 내가 왜?"

"셋이 닮았으니까."

"어딜 봐서!"

내 격한 반응에 메시는 피식 웃음으로 답해주었다.

"잘해봐, 어쨌든 세 사람은……."

"세 사람은 뭐?"

메시는 대답 없이 물속으로 사라졌다. 하지만 메시가 남긴 그 뒷말의 여운이 알 수 없는 찝찝함을 남겼다.

운동화의 진짜 주인

메시가 나간 뒤 혼자 준비하는 아침 식탁에 군식구 둘이 앉았다. 불과 얼마 전까지만 해도 나 역시 염치없이 숟가락을 얹던 처지라 두 사람을 군식구로 대하는 것은 미노 앞에서 부끄러운 일이었다.

하지만 "내가 서울에 아파트가 몇 채였는데!"를 외치던 김 사장이 며칠 굶은 사람처럼 허겁지겁 밥그릇을 비우는 걸 보니 절로 못마땅한 집주인의 마음이 되었다. 반면에 할아버지는 입맛이 없으신지 아픈 미노가 밥 먹는 것을 챙겨주며 몇 숟갈 뜨는 둥 마는 둥 아침을 때웠다. 한 그릇을 뚝딱 비운 김 사장이 입맛을 다시며 물었다.

"밥 더 있냐?"

"없는데요."

"뭔 집에 밥이 없냐. 내가 니들 나이엔 고봉밥을 먹고도 돌아
서면 배가 고팠어."

"갑자기 남의 집에 쳐들어온 게 누군데요."

내가 발끈하자 김 사장은 슬쩍 말머리를 미노에게로 돌렸다.

"근데 요 꼬맹이는 편식쟁이네. 얌마! 너 그렇게 당근 골라내
고 먹으면 아저씨한테 혼나!"

김 사장이 인상을 쓰며 말하자 미노가 겁을 먹은 듯 움츠러들
었다.

"애한테 신경 끄시죠."

"요새 것들은 너무 오냐오냐 키워서 탈이야. 며칠 굶겨 봐야
음식 귀한 줄 알지. 이 아저씨를 봐라. 얼마나 맛있게 잘 먹냐,
응?"

'맛있게'와 '게걸스럽게'의 경계를 분명히 확인시켜 주는 식
사였건만 김 사장은 자신의 식성을 한껏 추어올렸다. 김 사장의
눈길이 할아버지가 남긴 밥에 닿자 할아버지가 밥그릇을 내밀
며 말했다.

"괜찮으면 이거라도 들겠나?"

"배는 부르지만 뭐."

김 사장이 기다렸다는 듯 남은 밥을 받아 비우는 동안 나는
설거지를 할 플라스틱 통을 가져와 빈 그릇들을 담았다.

"여기서는 밥 먹은 만큼 일을 해야 한다는 규칙이 있어요. 그게 싫으면 메시 성격에 어떻게 할지는 아실 테고."

"아직 덜 먹었어."

김 사장은 갑자기 밥 먹는 속도를 늦추며 느릿느릿 대꾸했다.

"먹은 걸로 치면 아저씨는 설거지 정도로는 안 돼요. 다 먹고 자전거 발전기 돌리세요."

"너희 발전기도 돌리니?"

"할아버지는 설거지하시고요."

"그러마."

쥐똥만큼 드신 할아버지에게 일을 시키기가 미안했지만 이렇게라도 하지 않으면 좀체 말을 들을 것 같지 않은 김 사장과의 형평성을 위해 어쩔 수 없었다.

"너희 둘은 뭐 하는데?"

"저희는 운동화 닦아야 돼요. 운동화 닦고 수선하는 일로 먹고살거든요. 앵벌이가 아니고요!"

어제 저녁에 우리를 앵벌이로 몰았던 것에 대한 소심한 복수였지만 김 사장은 새겨듣지 않는 얼굴이었다.

미노가 1층에서 할아버지에게 설거지하는 법을 가르쳐주는 사이 나는 김 사장에게 자전거 발전기 돌리는 법을 보여주었다. 이 벙커가 자가발전 시스템에 의해 돌아간다는 사실에 눈빛을 반짝이던 김 사장은 막상 발전기를 돌리라고 자리를 내주자 엉덩이를 빼고 딴청을 피웠다.

"밥 먹고 바로 움직이면 위하수 걸려."

"그게 뭔데요?"

"위가 처진다고!"

김 사장이 늘어진 자기 뱃살을 출렁이며 말했다.

"저기 벽에 전력량 표시되어 있는 막대 보이죠? 지금이 세 개니까 여덟 개까지는 채워 놓으세요."

"내가 저거 채워 놓으면 너네 나 못 내보낸다. 나 이래 봬도 많이 배운 고급 인력이야. 일을 시키면 나도 엄연히 이 벙커에서 살 자격이 생기는 거야."

만약 메시라면 '그럼 지금 나가!'란 말이 바로 튀어나왔겠지만 나는 잠시 당황해 멈칫거렸다. '그 말도 일리가 있네'라고 생각하는 사이 김 사장의 꼼수에 걸려들고 말았다.

김 사장은 거보란 듯이 헛기침을 두어 번 하며 호기롭게 페달을 밟았다.

"내가 일한 만큼 나도 이 벙커에 대한 권리가 있는 거라고."

"……."

"그리고 아닌 말로 저 영감보다는 내가 더 낫지 않냐? 험한 세상 살아가려면 저렇게 이래도 흥, 저래도 흥인 영감보다는 아저씨 같은 사람한테 인생을 배우는 게 낫지. 아저씨는 날도둑

같은 사람들한테서 너희를 지켜 줄수도 있고 말이야. 아저씨 말 들어 나쁠 건 하나도 없어. 노인네가 자전거를 돌리겠어, 운동화인지 뭔지를 빨겠어? 그냥 밥만 축내는 거지. 더 늦기 전에 저 영감을 내보내는 게 좋을 거다."

"일이나 하세요."

왠지 김 사장의 말재주에 현혹되는 기분이라 뒷말을 자르고 1층으로 내려와버렸다. 할아버지와 미노는 정답게 마주 앉아 도란도란 얘기꽃을 피우며 그릇을 헹구고 있었다.

그 잠깐 사이에 김 사장의 말이 영 틀린 말은 아니라는 생각이 들었다. 돈 버는 데 취미 없는 메시를 생각하면 김 사장의 말도 일리가 있었다. 현실 감각 있게 잘 움켜쥐고 살아야 하는 이 세상에선 할아버지보다 김 사장에게 배울 게 더 많지 않을까?

나는 메시가 떠난 해치를 바라보며 멍하니 생각에 잠겼다.

오후가 다 되도록 메시는 돌아오지 않았고 김 사장에게 주어진 전력 할당량도 채워지지 않았다. 김 사장이 발전기를 돌리기는커녕 침대에 드러누워 코까지 골며 낮잠을 자는 통에 옆에서 글 한 줄 읽을 수 없을 지경이었다.

평소 같았으면 노들섬에 놀러라도 나갔을 텐데 벙커를 지키느라 꼼짝도 못하고 있으니 지루함에 온몸이 배배 꼬였다. 그렇다고 저 군식구들을 놔두고 벙커를 비울 수도 없는 노릇이라 이

래저래 마음만 심란해졌다.

"가출이 형, 나 배고픈데."

"그러게. 마침 쌀도 다 떨어져서 오늘쯤 메시가 사 온다고 했는데."

"라면도 없어?"

"어제 다 먹었어."

"형은 언제 온대?"

"글쎄, 늦어질 수도 있다고 했지만 해 지기 전엔 돌아오겠지. 미노 배 많이 고파?"

"아냐. 참을 수 있어."

"안 되겠다. 형이 뭐라도 사 올게."

"안 돼. 메시 형이 절대 혼자 밖에 나가지 말랬잖아. 벙커 비우면 안 된댔어."

"금방인데 뭐."

역시 어린 미노를 굶기는 게 마음에 걸려 둔치에 가서 라면이라도 사 올 참으로 주섬주섬 옷을 갈아입었다. 잠시 다녀오는데 뭔 일이라도 있겠나 싶어 해치를 여는데 때마침 메시의 머리가 물 위로 솟구쳐 올랐다.

"이제 오는 거야?"

"어디 가려고?"

"미노가 배고프대서 라면이라도 사 오려고."

"절호의 기회였는데 아쉽겠네."

"뭐가?"

"너 말고 네 뒤의 저 아저씨 말이야."

그 말에 뒤를 돌아보자 소리도 없이 다가온 김 사장의 모습이 보였다.

"네가 나가자마자 이 해치를 잠글 수 있었는데 때마침 내가 들어오는 바람에 산통이 깨진 거지."

"그런 거예요?"

"아냐, 난 그냥 화장실 가려고 내려온 것뿐이야."

"화장실은 저쪽이잖아요!"

"아, 그런가?"

그 변명을 듣자 갑자기 화가 치밀었다.

이런 천하의 나쁜 인간! 그래서 메시가 벙커를 비우지 말라고 신신당부했던 거구나.

하지만 메시는 김 사장이 어떤 행동을 하든 전혀 놀라는 기색이 없었다. 오히려 담담하게 옷을 벗고 짐을 푸는 모습이 이 모든 걸 예상하고 있었다는 얼굴이었다.

"일단 저녁부터 먹자."

메시는 구해온 해열제를 미노에게 먹이고 가방의 음식들을 챙겨 2층으로 올라갔다. 하지만 우리를 기다리고 있는 것은 한 개로 내려앉은 전력 막대였다. 메시의 싸늘한 시선이 김 사장과 나를 돌아보았다.

"이거 누가 돌렸어?"

"시켰는데 저 모양이야."

내가 김 사장을 가리키며 말했다.

"난 한다고 했는데 저 모양이다."

김 사장이 능청스럽게 발뺌을 했지만 메시에게 그 핑계가 통할 리 없었다. 그조차 단속하지 못한 게 괜히 내 잘못인 것 같아 미안한 마음이 들었다.

내가 앞으로 나서며 말했다.

"내가 할게. 1시간만 돌리면 밥 짓고 저녁 준비할 만큼은 될 거야."

"막대 한 개만 올려. 저 아저씨는 투 아웃이니까."

메시는 또다시 침대에 늘어져 있는 김 사장을 차가운 얼굴로 내려다보며 말했다. 그 말은 조만간 김 사장이 이 벙커에서 완전히 아웃임을 뜻했다.

"야, 비켜 봐라. 젊은 놈이 왜 이렇게 힘이 없어."

김 사장은 메시가 보는 앞에서 열심히 페달을 밟았다. 내가 아침부터 주야장천 노래를 불러도 안 되는 일을 메시는 단 한마디로 해냈다. 메시와 이 아저씨를 통해 새삼 사람 공부를 제대로 한다는 생각이 들 정도였다.

메시가 공수해온 일주일 치 식량이 벽장에 차곡차곡 채워지는 걸 물끄러미 바라보던 김 사장이 입맛을 다시며 물었다.

"뭐 간식거리는 없냐? 입이 심심한데 뭐 좀 줘봐."

"참고로 이 벽장에 손대는 사람은 가만 안 둡니다."

"거참, 사람 되게 빽빽하네."

그 순간 메시는 가방 깊숙한 곳에서 조그만 종이 상자 하나를 꺼내 들었다. 뚜껑을 열어 내용물을 살피는 그 잠깐 사이 우리 모두는 그 상자 속에 든 초콜릿을 보았다.

"형, 그거 새 초콜릿이야?"

"안에 술 든 거야. 넌 먹으면 안 돼."

"진짜 안 돼?"

"안 돼! 먹으면 죽는 거야."

메시의 단호한 대답에 풀이 죽은 미노는 더 이상 보채지 않았다. 하지만 김 사장은 술이 든 초콜릿이란 말에 귀가 번쩍 뜨인 얼굴이었다.

"거봐. 니들도 술 먹잖아."

"신경 끄시죠?"

"치사하게 먹는 거 가지고 되게 속 좁게 구네."

"손대면 가만 안 둡니다."

"쳇! 치사하다, 치사해!"

김 사장의 눈길이 오래도록 그 상자에 머무는 걸 보는 순간 메시에게 벽장에 자물쇠라도 채우자고 해야겠다고 생각했다.

다섯 명이 둘러앉아 복작거리는 식탁이었지만 누구 하나 입을 여는 사람 없이 조용했다. 오랜만에 먹어 보는 김치찌개 냄새가 코를 자극했지만 국물 안에 동동 떠 있는 돼지고기를 보자 갑자기 입맛이 뚝 떨어졌다.

"아, 난 누린내 나서 돼지고기 싫어하는데."

김 사장이 내가 할 소리를 대신 읊어 주고 있었지만 고맙기는 커녕 은근 얄밉기까지 했다.

"밥투정할 거면 숟가락 놓으세요."

나는 얻어먹는 주제에 밥투정까지 하는 김 사장이 얄미워 싫은 내색 않고 밥에 찌개를 비벼 뚝딱 한 그릇을 비웠다. 하지만 할아버지도 돼지고기는 별로인지 그 부분만 싹 걷어 내고 국물만 따로 덜어 식사를 하셨다. 이미 메시에게 우리 세 사람의 본질에 관한 기묘한 이야기를 들은 터라 나와 닮은 두 사람의 식성마저 은근히 신경 쓰였다.

제일 먼저 식사를 마친 할아버지가 설거지통을 가져와 자신의 빈 그릇을 담자 메시가 할아버지의 손을 잡으며 말했다.

"놔두세요. 이제 안 하셔도 되니까."

"그래도 내가 먹은 그릇은 치우고 가야지."

"가출이 네가 해."

"어!"

내가 할아버지에게서 설거지통을 건네받자 메시와 미노가

자신의 빈 그릇을 내주었다. 하지만 김 사장은 뻔히 꼼수가 보이는데도 느릿느릿 밥을 먹으며 나무늘보가 울고 갈 만큼 굼뜨게 움직였다.

보다 못한 내가 김 사장을 재촉했다.

"일부러 그러는 거 다 아니까 빨리 드시라고요. 오늘 아침에 뚝딱 두 그릇 비우던 먹성은 어디 갔어요?"

"나 위하수 있다니까 그러네."

"위하수든 위 똥물이든 빨리 비우라고요."

"이 자식이 밥상머리에서 더럽게."

"30분 뒤에 출발할 거니까 다들 준비하시죠. 가출이 넌 그 안에 설거지 마무리하고."

김 사장이 무슨 꼼수를 부리든 메시를 당해 낼 재간은 없었다. 메시가 3층으로 올라간 사이 나와 미노, 할아버지는 1층으로 내려와 설거지를 했고 김 사장은 또다시 침대에서 뒹굴며 시간을 때웠다.

설거지를 마치고 2층으로 올라가자 드르렁 코를 골며 잠이 든 김 사장이 보였다. 그때 3층에 있던 메시가 내려와 고갯짓으로 김 사장을 깨우라는 신호를 보냈다.

"일어나요. 이제 가야죠."

아무리 흔들어도 김 사장은 꿈쩍도 하지 않았다.

"깬 거 다 아니까 일어나라고요."

"음냐음냐."

가지 않으려고 자는 시늉까지 하는 걸 보니 헛웃음이 나왔다.

"진짜 연기도 못하면서 이러고 싶어요?"

"이봐, 더 민폐 끼치지 말고 어서 가세."

"그만두세요. 그냥 팔다리를 묶어서 끌고 가죠."

메시가 이불을 걷어 젖히자 김 사장이 벌떡 일어나 소리쳤다.

"내 몸에 손대지 마! 내가 안 가겠다는데 네까짓 놈이 힘으로 밀어붙일 거야, 어쩔 거야? 뭐, 개처럼 목줄이라도 채워서 내보내시게? 어디 그렇게 한번 해봐. 니들 여기 불법 점거하고 지내는 거 꽉 경찰에 다 불어버릴 테니까. 내가 니들 여기서 다 쫓겨나게 해줄 테니까 해볼 테면 해보라고."

역시 만만치 않은 사람이구나.

쉽게 나갈 거라고 생각하지는 않았지만 이렇게까지 치사하게 생떼를 쓸 줄은 몰랐다.

씩씩대던 김 사장이 텔레비전 앞으로 걸어갔다. 벙커가 자기 집인 양 텔레비전을 켜고 다시 자리로 돌아와 눕는데 철면피가 따로 없다는 생각이 들었다. 하지만 그의 움직임이 어딘지 모르게 둔하고 불편해 보였다. 메시의 눈이 반쯤 열린 벽장 문에 고정되었다.

"여기 있는 거 누구 손댄 사람 있어?"

"난 아닌데."

메시가 김 사장을 염두에 두고 묻는 걸 모를 리 없었다.

"할아버지랑 나는 설거지했어."

모두의 시선이 자연스레 김 사장에게로 향하자 김 사장이 크게 헛기침을 하며 말했다.

"입이 심심해서."

"손대지 말라고 했을 텐데?"

"그깟 초콜릿 몇 푼이나 한다고! 사람이 먹는 거 가지고 매정하게 굴면 못 쓰는 거야."

"먹지 말라고 분명 얘기했는데 먹은 건 아저씨니까 난 책임 못 집니다."

"그래, 먹었다! 왜? 그까짓 초콜릿 좀 먹었다고 도둑으로 몰아 감방에라도 보내게? 보내고 싶으면 보내봐."

"병원이나 가시죠."

예상치 못한 메시의 반응에 불안해진 건 김 사장 쪽이었다.

"이 자식이 무슨 헛소리야."

"병원 가서 쥐약 먹었다고 하고 위세척부터 하라고요."

그 말에 김 사장은 주머니에 숨겨 두었던 초콜릿을 꺼내더니 보란 듯이 크게 한입을 베어 물며 말했다.

"이게 쥐약이었으면 벌써 죽었게? 까불고 있어!"

"맘대로 생각하시든가."

"이 자식이 어른한테!"

참다 못한 김 사장이 벌떡 일어나 메시에게로 걸어가는 듯하더니 갑자기 표정이 일그러지며 방향을 틀어 화장실로 직행했다. 곧이어 가스통이 폭발하는 듯한 엄청난 굉음과 함께 뿌지직하는 민망한 소리가 들려왔다. 한참 만에 화장실에서 나온 김 사장은 해쓱한 몰골로 말했다.

"너 이거 일부러 나 먹으라고 놔둔 거지?"

"먹지 말라고 분명히 말했을 텐데."

"내가 가만 안 놔둬! 야, 너라도 빨리 119 불러!"

김 사장이 노랗게 뜬 얼굴로 내 팔을 움켜쥐며 말했다.

"여기서 어떻게 119를 불러요?"

"윽, 빨리!"

"빨리 화장실부터 가보세요."

김 사장은 하얗게 질린 얼굴로 또다시 화장실로 뛰어가며 소리쳤다.

"이 새끼들! 내가 코, 콩밥 먹인다. 이건 살인 미수야."

하지만 메시는 표정 하나 바뀌지 않고 태연한 얼굴로 김 사장의 뒤를 따라 1층으로 내려갔다. 녀석은 밧줄을 꺼내 할아버지에게 건넸다.

"물살이 세니 이걸로 몸을 묶으세요."

"저이는 괜찮겠어?"

"죽지는 않을 테니 걱정 마세요. 뒤따라오실 수 있죠?"

메시는 자신의 허리에 밧줄을 감았다. 두 사람을 내보내는 데 한바탕 난리가 있을 거라고 예상은 했지만 이건 진짬 나는 코미디였다. 메시는 김 사장이 그 초콜릿을 먹을 걸 알고 일부러 벽장에 넣어 둔 것이 분명했다. 내색은 안 했지만 녀석도 두 사람 때문에 골치 깨나 아팠던 것이 분명했다. 보는 입장에선 코미디지만 어쨌든 일이 이렇게까지 커진 건 결국 나 때문이니 이 일에 대해 책임을 져야 할 사람은 나였다.

"잠깐만 메시! 보낼 거면 내가 보내야지. 어차피 나 때문에 들어온 사람들이니까 내가 데리고 나갈게."

"할 수 있겠어?"

나는 키득거리며 메시에게 귓속말을 했다.

"그거 쥐약 아니지? 너 일부러 그런 거지?"

"쥐약 맞아."

"뭐? 저 아저씨 죽으면 어쩌려고 그래?"

"소심하긴! 김 사장 잡는 쥐약이다! 그냥 초콜릿에 변비약 좀 넣었어."

메시는 아무렇지 않은 얼굴로 담담히 말했다.

화장실에서 기다시피 나온 김 사장은 거의 탈진 직전이었다. 안 가겠다고 버티던 배짱은 온데간데없이 사라지고 순한 양처럼 밧줄을 제 몸에 감았다. 나는 두 사람을 묶은 밧줄을 붙잡고 해치 아래 물속으로 뛰어들었다. 오늘따라 강물도 느슨하게 힘을 뺀 모양이었다. 반짝이는 줄을 붙잡고 두 사람을 끌고 헤엄 치는 일은 생각보다 어렵지 않았다.

해가 이미 진 상황이지만 혹시나 어둠 속에 있을 눈들을 피해 벙커에서 멀찌감치 떨어진 곳에 두 사람을 데려다주었다. 바로 벙커로 돌아가기에는 힘에 부쳐 잠시 가쁜 숨을 몰아쉬고 있는 데 김 사장이 버럭 소리를 질렀다.

"야, 어서 구급차부터 불러."

"숨 좀 돌리고요."

"야!"

"알았어요, 간다고요."

"나 죽으면 갈래? 어서 불러!"

"예, 예! 정말 갑니다."

"정말이고 양말이고 전화부터 하란 말이야!"

김 사장의 성화에 할 수 없이 묶었던 줄을 풀고 자리에서 일 어났다. 내가 반대편으로 걸어가자 김 사장이 고래고래 소리를 질러 댔다.

"얌마, 어디 가?"

"두 분 다 조심해서 잘 가세요."

"야! 야!"

"아저씨, 그거 쥐약 아니래요. 그냥 변비약이래요."

"뭐?"

"봐요. 아직도 말도 잘하고 팔다리도 잘 움직이잖아요. 앞으론 남의 거 훔쳐 드시지 말고 친구한테 돈 빌리지도 말고 열심히 잘 사세요."

"니들 내 손에 뒈질 줄 알아!"

바짝 약이 오른 김 사장이 엉덩이를 잡고 경중거리며 뛰어왔다. 좀 더 골려 줄 생각으로 뭉그적거리는데 느닷없는 목소리가 불쑥 끼어들었다.

"허허, 얘가 기어이 일을 키웠네."

"헉, 깜짝이야!"

소리도 없이 다가온 사람은 본드 할머니였다.

"저 인간들은 도대체 왜 달고 들어간 거야?"

"네?"

할머니의 갑작스런 등장보다 이 두 사람이 벙커에 갔다 온 사실을 어떻게 알았는지가 더 궁금해졌다. 그때 씩씩거리며 뒤쫓아 온 김 사장이 끼어들었다.

"이 할멈은 또 뭐야!"

"넌 빠져, 이 썩을 놈아!"

"이 거지 할망구가 누구한테! 윽!"

또다시 신호가 왔는지 김 사장은 수풀 속으로 다급하게 뛰어가더니 종적을 감추었다. 하지만 할머니는 연신 혀를 끌끌 차며 말했다.

"이 둘은 시작일 뿐이야. 네가 거기에 오래 머물수록 더 안 좋은 일들이 꼬여 들 텐데 감당할 수 있겠냐?"

"네?"

"네가 불러들이는 거라고."

"제가 그런 거 아니에요."

"그럼 아무도 들어갈 수 없는 그 벙커에 네가 들어가고 저 사람들까지 들어갈 수 있었던 게 우연이었겠냐?"

"그건……."

그 말을 듣는 순간 뿌연 안개가 끼어 있던 머릿속의 장막이 한 꺼풀 벗겨지는 느낌이었다.

"입에다 주워 넣어줘도 못 알아 처먹는구나. 옜다, 네 운동화!"

본드 할머니는 카트에 넣어 두었던 운동화 한 켤레를 내게 던졌다. 그 운동화가 나와 김하균 둘 중 누구의 것인지는 확실하지 않았다.

"그거 가지고 썩 돌아가."

"진짜 할머니가 가지고 계셨어요?"

"주웠으니 가지고 있지. 그럼 내가 훔치기라도 했겠냐?"

"지난번에는 모른다고 하셨잖아요."

"때가 아니어서 아니라고 한 거지."

갑작스러운 운동화의 등장과 할머니의 뜬금없는 말에 가뜩이나 머릿속이 복잡한데 이번에는 김 사장이 잔뜩 독이 오른 목소리로 외쳤다.

"가서 휴지 좀 구해와!"

죽을 둥 살 둥 한다면서도 할 말은 꼬박꼬박 다 하는 김 사장이었다.

"신경 끄고 볼일이나 보세요. 근데 나머지 한 켤레는요?"

"낸들 아냐!"

"이거랑 똑같은 게 하나 더 있었는데요."

"물에 빠진 놈 건져주니 보따리 내놓으란 녀석이네. 무슨 사내새끼가 이리 말이 많아. 받을 거야, 안 받을 거야?"

할머니의 윽박에 운동화를 받아 들었지만 마음이 영 찝찝했다. 지금까지 숨겨온 이유도 이해할 수 없기는 마찬가지였다.

"너 저기가 평범한 곳은 아니라는 건 알지?"

"네."

"그리고 그 메시란 놈이 누구인지도 알고?"

"네."

"왜 사람에게 신발이 필요한지도?"

"네."

"그럼 네가 왜 맨발로 거길 찾아가게 되었는지도 이해가 될 테고."

"네…… 네?"

별 생각 없이 고개를 끄덕이다 갑자기 도리질을 하려니 웃긴 모양새가 되었다.

"신발을 신고 있다는 건 육체를 덧입은 상태를 뜻하는데 네가 만약 신발을 신고 있었다면 넌 저 꼬맹이의 집에 숨어들 수가 없었을 거다."

"전 우연히 들어간 건데."

"그러니까 네 마음이 몸에서 똑 떨어져 나왔다고 친절하게 설명까지 해줘야 알아 처먹냐?"

"네?"

할머니는 또다시 혀를 끌끌 차며 말했다.

"대충 말귀 알아먹었으면 이제 돌아갈 방법이나 찾아봐."

분명 말이 안 되는 이야기였는데 대꾸할 말이 한 마디도 떠오르지 않았다.

본드 할머니는 귀찮은 듯 손사래를 치며 카트를 밀고 반대편으로 걸음을 재촉했다. 어찌나 걸음이 잰지 카트에 모터를 단 게 아닐까 싶을 정도였다. 운동화를 든 채 멍하니 서 있는데 강바람이 정신 차리라고 시원하게 뺨을 때리고 지나간다.

찰싹!

정신 차려, 김가출!

뺨이 얼얼할 지경인데 무엇 하나 시원한 대답이 쏟아지진 않았다.

내가 내 몸에서 빠져나온 영혼이란 걸 믿으라고? 그걸 믿으라고?

그날 밤, 나는 벙커로 돌아온 뒤에도 메시에게 본드 할머니를 만난 얘기를 털어놓지 않았고 그 운동화에 대한 얘기도 묻지 않았다. 그것은 백번 다른 사람의 입을 통해 들어 봤자 소용없는, 결국 내 두 눈으로 확인해야 인정할 수 있는 일이었다.

한숨도 못 자고 기다린 새벽이 밝아 오고 있었다. 잠든 아이들 몰래 서재로 올라가 옥상의 해치를 밀어 올렸다. 차가운 새벽 바람이 정신을 더 또렷하게 만들어 주었다.

강의 동쪽부터 길게 뻗어 오는 붉은 아침 해의 기운이 교각의 구석구석까지 밝게 비추었다. 눈이 부실 정도로 밝은 빛이 내가 서 있는 곳까지 다다르자 나는 천천히 뒤를 돌아보았다. 그곳에는 마땅히 있어야 할 내 그림자가 존재하지 않았다.

내 몸의 형체 그대로 길게 늘어져 있어야 할 그림자가 없다는 건 단 하나를 뜻했다.

몸에서 분리된 영혼!

순간 머릿속이 멍해졌다.

"더 오래 걸릴 줄 알았는데 결국 알아냈네."

메시가 어느새 소리도 없이 다가와 있었다.

"이건 뭐야?"

"네가 짐작하는 대로야."

"이건 말이 안 되잖아. 어떻게 내가······."

"내가 처음 했던 말 기억하냐? 어떻게 맨발로 여길 왔냐고 물었잖아."

"그럼 나는······."

"짐작하는 그대로야. 너도 병실에 누워 있는 의식 없는 환자들 중 하나야."

"뭐라고?"

"정확히 말하면 네 마음이 여기 숨어 있는 거지."

"무슨 소리야?"

"네가 그 병원에서 이 벙커로 찾아든 게 과연 우연일까?"

"무슨 소리냐고? 난 김하균을 데리고 병원까지 따라간 거 말고는 아무 일도 없었다고. 사고를 당한 것도 아니고 병에 걸린 것도 아니라고. 내가 어째서 의식 없는 상태라는 거야?"

"그래서 네가 처음 이곳에 왔을 때 돌아가라고 했던 거야. 네 자신이 누구인지조차 모르는 너란 애를 벙커에 둘 수가 없어서. 결국 네가 신발을 찾을 때까지 기다려 줬지만 그것 때문에 이런 골치 아픈 일들이 생긴 거야."

"정말 내가 영혼이라는 거야?"

"그런 셈이지."

"말도 안 돼······."

"내가 말해 줄 수 있는 건 김하균이란 애가 쓰러지던 날 너에게도 뭔가가 일어났고 네 의식이 배회하다 이 벙커를 찾아왔다는 것밖에 없어."

"그럼 나는? 내 몸은?"

"그건 나도 답해 줄 수 없어. 네가 찾아야겠지."

"넌 처음부터 다 알고 있었던 거야? 내가 이런 상태라는 거?"

"말해줄 수 있는 건 아무것도 없었다고. 내가 그걸 말했다면 넌 네 자신을 부정하고 여길 뛰쳐나가 어딘가를 헤맸겠지. 헤매고 헤매다 결국 영영 돌아갈 길을 잃었을 거야."

"……."

정말 묻고 싶은 질문은 단 하나였다. 하지만 그 간절한 답을 메시마저 모른다고 할까 봐 머뭇거리다 한참 만에야 입을 뗐다.

"그럼 난…… 어디로 가야 하는 거야?"

"원래 네가 있던 곳으로."

"그게 어딘데?"

녀석은 대답 대신 내 얼굴을 빤히 들여다보았다.

"네 몸."

녀석의 마지막 그 한마디가 내내 나를 괴롭혔다.

그럼 나란 인간은 영영 몸을 떠나 세상을 배회하는 영혼이 될 수도 있다는 거잖아.

이런 말도 안 되는 이야기를 어떻게 믿으라는 거냐고.

메시는 옥상에 나를 혼자 남겨둔 채 내려가버렸다. 혼자 머릿속을 정리할 시간을 주는 거라면 눈물 나게 고마웠지만 이 순간 그 어떤 것도 아무런 도움이 되지 못할 게 뻔했다.

아침 내내 나는 옥상에서 내려올 수 없었다. 머릿속에 떠오르는 수만 가지 생각은 차치하더라도 가슴을 후벼 파는 이 먹먹함을 설명할 길이 없었다.

의식을 잃은 내 자신을 찾는 게 급선무였다. 하지만 어디에서 나를 찾아야 할지 막막했다. 내게 주어진 유일한 단서는 미노가 찾아낸 '0711'이라는 암호밖에 없었다. 김하균이 사고를 당하던 날 내게도 어떤 일이 일어났고, 나는 그걸 의식하지 못한 채 문자 메시지에 이끌려 벙커로 찾아온 듯했다.

결국 모든 열쇠는 김하균에게 있었다.

의식 없이 누워 있는 김하균이 어떤 말을 해줄 리 만무했지만 녀석이 있는 병원 어딘가에 내가, 내 몸이 있을 거란 짐작이 들었다.

김하균을 찾아가야 한다는 마음의 목소리가 점점 더 커지고 있었다. 더 늦기 전에 김하균을 만나야 했다.

해가 진 뒤 벙커를 몰래 빠져나와 병원으로 향했다. 당직 간호사의 눈을 피해 병동 이곳저곳을 돌아다니며 병실 문 앞에 꽂힌 이름들을 확인했다. 하지만 어디에도 내 이름은 없었다.

단번에 찾을 수 있으리라 생각하진 않았지만 아무 보람도 없이 돌아서는 마음이 허탈했다. 그렇게 발길이 닿는 대로 걷다가 김하균의 이름이 적힌 병실을 발견했다. 그사이 상태가 호전되어 일반 병실로 옮겨진 모양인데 그냥 돌아서자니 마음이 무거웠다.

녀석이 깨어났는지도 궁금하고 괜히 그 핑계로 얼굴을 들여다보고 싶은 충동이 일었다.

나는 조심스레 김하균의 병실 문을 열었다. 복도의 가장 끝방 6인실을 쓰는 김하균은 어정쩡하게도 어린이 병동의 장기 입원 환자들과 같은 병실에 입원 중이었다.

누워 있는 다른 아이들과 비교하니 김하균은 저 혼자 툭 불거진 가지처럼 보였다. 이곳에서조차 어울리지 못하는 녀석을 보자 어쩐지 씁쓸한 생각이 들었다. 하균의 보호자 침대는 텅 비어 있었다. 녀석의 엄마가 때마침 자리를 비운 듯했다.

소등한 병실로 병원 밖의 휘황찬란한 네온사인 불빛이 새어 들어오고 있었고 환자와 보호자 들은 각자의 침대에서 새우잠을 자고 있었다.

가까이 다가가 김하균의 얼굴을 들여다보는 순간 기분이 이상했다. 이렇게 끔찍할 줄 알았으면 차라리 실눈을 뜨고 볼걸, 하는 뒤늦은 후회가 밀려왔다. 시간이 지나 여기저기 올라온 검푸른 멍 자국들이 눈에 띄었다. 붕대를 감아놓은 머리통은 원래 그렇게 컸는지 아니면 맞아서 부은 건지 알 수 없을 정도였다. 바싹 마르고 핏기 없는 입술도 그날의 처참한 광경을 상기시켜 주었다.

녀석의 코에는 유동식을 넣는 관이 달려 있었고 옆구리에는 소변 주머니가 채워져 있었다. 아직도 의식이 돌아오지 않은 게 분명했다. 그 순간 눈길이 이불 밖으로 삐져나온 녀석의 발에 닿았다. 이불을 덮어주려다 손이 발에 닿았는데 나도 모르게 움찔 놀라고 말았다.

피가 도는 따뜻한 살의 감촉이 묘한 떨림으로 다가왔다. 녀석은 의식만 없을 뿐 보통 사람들과 다름없이 살아 숨 쉬고 있었다. 그 온기를 느낀 순간 이상한 기분이 들었다.

"김하균…… 넌 도대체 어딜 헤매고 있는 거냐."

이 녀석의 영혼도 나처럼 바깥세상 어딘가를 배회하고 있을 터였다. 혹시 나처럼 제가 어떤 상태인지도 모르고 떠돌고 있을 지도 모를 일이다. 나도 모르게 혼잣말이 튀어나왔다.

"이 세상이 아무리 엿 같고 별 재미없는 곳이었다 해도 지금 네가 헤매고 있는 그곳보다는 훨씬 따뜻할 테니까 다시 돌아와라."

끙 하고 김하균이 뒤척이는 소리를 냈다. 흠칫 놀라 다시 보니 녀석은 여전히 굳게 눈을 감은 그대로였다. 미동도 없이 누워 있는 하균의 눈꺼풀은 꽉 닫힌 벙커의 문처럼 완고해 보이기까지 했다.

뭐였지, 그 소리는?

그때 병실 문이 열리고 야간 당직 간호사가 들어왔다. 화들짝 놀라 그 자리에 얼어붙은 나와는 달리 간호사는 멀뚱하게 서 있는 나를 알아보지도 못했다.

내가 보이지 않는 게 분명했다. 께름칙한 느낌이 들어 허둥지둥 복도 밖으로 나오는데 갑자기 그 간호사가 다급하게 병실 밖으로 뛰어나오더니 다른 당직 간호사를 불렀다.

"김 선생님, 김 선생님! 610호 꼬마가……."

잘못한 일을 들킨 꼬마처럼 나는 황급히 병동을 빠져나왔다.

벙커에 가까이 다가갈수록 비바람이 거세졌다.

이렇게 궂은 날에는 둔치에 사람이 없는 게 보통이지만 가끔은 이런 날에도 새벽부터 낚시를 하는 못 말리는 사람들이 있으니 주위를 잘 살핀 뒤 들어가야 했다. 만에 하나 쫓겨난 김 사장이 주변을 어슬렁거릴 수도 있고, 불어난 물살도 조심해야 하니 평소보다 더 조심스러워졌다.

강물에 몸을 반쯤 담그자 악 소리가 절로 나왔다. 역시 체감온도가 눈물 나게 떨어져 있었다.

물속은 암흑천지였지만 메시가 이어준 반짝이는 줄은 깊은 물속에서도 빛을 발해서 길을 헤맬 일은 없었다. 줄을 잡고 천천히 벙커 입구로 나아가는데 팽팽하던 줄이 일순간 느슨해지더니 힘없이 딸려 왔다. 허겁지겁 줄을 잡아당겨 보니 입구에 매어 놓은 줄의 끝이 예리한 칼날에 끊어져 있었다. 기분 나쁜 예감이 머릿속을 스쳤다. 서둘러 입구에 들어선 순간 평상시와 다르게 활짝 열린 해치가 보였다. 잘못돼도 크게 잘못됐다는 불안감에 등골이 서늘해졌다. 강물은 벙커 안까지 들이차 있었고 물건들은 물 위를 둥둥 떠다니고 있었다. 물에 젖어 무엇 하나 성한 게 없었지만 일단 아이들부터 찾는 게 급선무였다.

"메시!"

대답이 없었다.

"미노야!"

큰 소리로 이름을 불렀지만 아무도 대답하지 않았다. 허둥지둥 2층으로 올라간 순간 예상치도 못한 광경이 눈앞에 펼쳐졌다. 내가 맞닥뜨린 건 잔뜩 긴장한 얼굴의 김 사장과 그 앞에 미동도 없이 서 있는 메시였다. 김 사장의 손에는 잘 벼린 낫 한 자루가 메시를 향해 시퍼런 칼날을 세우고 있었다. 메시는 침착한 데 반해 김 사장은 낫을 든 손을 휙휙 휘저으며 잔뜩 흥분한 상태였다. 미노와 할아버지는 계단 쪽으로 멀찌감치 떨어져 두 사람을 지켜보고 있었다.

"아저씨 뭐예요? 어떻게 들어온 거야?"

묻고 나서 아차 싶었다. 내가 새벽에 몰래 빠져나가면서 열어

둔 해치를 통해 해가 뜨기도 전에 들어온 것이 분명했다. 갑작스러운 내 등장에 당황한 김 사장이 메시와 나를 중심으로 적당한 간격을 벌리고 섰다.

"허튼 수작 하면 너도 다치는 수가 있어."

김 사장의 차가운 말이 내 심장을 얼어붙게 했다.

"아저씨, 미쳤어요?"

"너도 오늘부로 여기서 아웃이니까 짐부터 싸라고."

"이게 무슨 짓이에요?"

"이것들이 날 물먹여? 니들이 그러고도 무사할 줄 알았나?"

"그걸로 뭘 어쩌려고요? 사람이라도 죽일 거예요?"

"버티면 죽여서라도 내보내야지. 너희는 이 벙커가 뭔지도 모르는 머저리들이니까."

"무슨 미친 소리를 하는 거예요?"

"이 로또 같은 벙커가 세상에 알려지면 돈 긁어모으는 건 시간 문제라고. 두고 봐! 나는 이걸로 보란 듯이 다시 일어설 테니까."

"미쳤어요?"

"인생 막장까지 왔는데 안 미치는 게 이상하지."

"아저씨가 뭔데 벙커를 내놔라 마라 하는데요?"

"먼저 찜하는 사람이 임자지. 돼지 목에 진주 목걸이를 걸어줘도 유분수지, 여기가 너희 같은 애들한테 가당키나 한 곳이

냐. 이 벙커인지 워커인지로 나도 내 인생 다리미로 쭉쭉 편 듯
이 한번 살아볼란다."

"벙커는 물건이 아니에요."

"시끄러! 어쩔 거야? 여기서 다 같이 물귀신 될래, 아니면 순
순히 제 발로 나갈래?"

"닥쳐! 참는 것도 한계가 있어!"

참다 못한 메시가 소리치자 김 사장이 가소롭다는 듯이 코웃
음을 치며 말했다.

"그딴 건 쓰레기 같은 운동화에 싸매고 꺼져버려! 난 더 잃을
게 없는 사람이야. 다 같이 죽든가, 다 같이 살든가 둘 중에 하나
라고!"

"아저씨는 맨날 죽자는 소리를 입에 달고 살면서 정작 죽고
싶은 마음은 눈곱만큼도 없잖아요."

내가 목소리를 높이자 김 사장의 낫이 나를 향해 돌아섰다.

"이 새끼가 뭘 안다고 건방지게 도끼눈을 치켜떠!"

잔뜩 독이 오른 김 사장이 물건을 집어 던지며 난동을 피우
기 시작했다. 김 사장이 마구잡이로 휘두른 시퍼런 낫에 벙커의
한쪽 벽면에 긴 생채기가 생겼다. 순간 날카로운 파열음과 함께
미노의 비명이 정적을 갈랐다.

"미노야!"

메시의 고함 소리에 벽이 흔들리며 형광등이 깜박였다. 그사

이 미노는 의식을 잃고 바닥에 쓰러졌고 벙커의 벽은 마치 살아 숨 쉬듯 꿈틀대기 시작했다. 지진이라도 난 것처럼 벙커가 크게 휘청대는 그 순간 2층 해치까지 왈칵 강물이 솟구쳐 올랐다. 왈칵왈칵 피를 토하듯 해치가 강물을 뿜어대자 벙커가 형체를 잃고 더 크게 흔들리기 시작했다. 상처가 난 벙커의 벽면이 꼭 사람의 생살같이 퉁퉁 부어오르며 벌겋게 피를 흘리는 광경을 보는 순간 섬뜩한 느낌이 들었다.

"뭐, 뭐야 이건?"

김 사장도 당황하고 있었다. 메시는 쓰러진 미노를 흔들어 깨우고 있었다.

"미노야, 정신 차려!"

"……형."

미노가 힘없이 눈을 떴다.

"형 여기 있어."

"가출이 형은?"

"가출이 형도 여기 있으니까 조금만 참아."

미노는 가슴을 움켜쥐며 고개를 끄덕였다.

"응."

순간 메시의 눈빛이 달라졌다. 시종일관 무표정하던 녀석의 눈빛이 보는 사람을 섬뜩하게 할 만큼 무섭게 타올랐다. 녀석은 뚜벅뚜벅 김 사장에게로 걸어갔다. 김 사장이 낫을 휘두르며 위

협했지만 아랑곳하지 않고 그 낫을 맨손으로 움켜쥐었다. 녀석의 손에 잡힌 낫은 장난감 칼처럼 뚝 부러져 바닥에 떨어졌다.

"너 뭐, 뭐야?"

"참는 건 세 번까지랬지?"

메시의 주먹에 김 사장이 나가떨어졌다. 바닥에 내리꽂힌 김 사장의 멱살을 잡아 일으킨 메시가 또다시 주먹을 날리려는 찰나 힘없는 미노의 목소리가 녀석을 붙잡았다.

"형…… 때리지 마. 때리면 벙커가 아파."

순간 절대 벙커에 손을 대서는 안 된다고 당부하던 메시의 첫 번째 규칙이 떠올랐다. 미노의 그 말 한마디에 내 안에 잠들었던 무언가가 되살아난 기분이었다.

벙커의 상처와 미노가 하나로 연결되어 있다면, 어쩌면 이곳은…….

이곳은 미노의 마음인지도 모른다.

그 생각을 한 순간 무언가에 머리를 얻어맞은 듯 멍한 기분이 되었다.

왜 이제야 이런 생각을 한 걸까?

이 벙커가 미노의 집이었음을, 이곳이 미노의 마음이었음을 나는 왜 이제야 깨달았을까?

메시가 그렇게도 지키고 싶어 했던 이곳이 미노의 영혼이 깃든 집이었다는 걸, 자기 힘으로 발전기를 돌려 전력을 채우려고 애썼던 것도 어린 미노의 마음을 지켜주기 위해서였다는 걸 왜 몰랐을까?

벽에 난 그 칼자국이 꼭 미노의 생살에 그어버린 칼자국 같아서 마음이 저려왔다. 그 상처를 손으로 보듬다가 나도 모르게 주르륵 눈물을 흘렸다. 그 순간 나는 또다시 논리적으로 설명할 수 없는 무언가를 깨닫고 말았다.

어떻게 김 사장과 할아버지의 눈에는 우리가 보였을까?

병원에서 간호사는 내 모습을 알아보지 못했는데 어째서 두 사람은 나와 미노를 볼 수 있는 거지? 곰곰이 생각해보니 메시를 쫓아 노들섬을 나다니는 동안 나는 본드 할머니를 제외한 다른 사람들과 눈길조차 마주친 적이 없었다.

그렇다면 이 두 사람은 도대체 누구란 말인가.

나는 말로는 도저히 설명할 수 없는 묘한 감정에 사로잡혀 모두를 바라보았다.

메시는 김 사장을 의자에 묶으며 말했다.

"수문을 닫아야 돼. 미노 좀 돌봐줘."

메시는 말을 마치기가 무섭게 물이 차오른 1층으로 잠수해 들어갔다.

"미노야, 괜찮아?"

미노는 힘없이 고개를 끄덕였다.

"많이 아프지?"

"괜찮아."

"미노야, 정말 미안해. 형이 몰라봐서."

"괜찮아."

"여기…… 네 안인 거지?"

미노는 희미하게 미소 지었다.

"형, 나 말 안 한 게 있어. 그 문자…… 사실은 내가 보낸 거였어."

"뭐?"

"노들섬으로 오라고 했던 문자, 그거 나야. 형을 이 벙커로 부른 사람이 나라고."

"네가 왜……."

"형이 갈 데가 없는 것 같아서 여기서 쉬게 해주고 싶었거든."

"미노야……."

나는 더 이상 말을 잇지 못하고 미노를 와락 껴안고 말았다.

순수한 미노의 마음에 쳐들어온 나 같은 아이를 미노는 거부하지도 않고 껴안아주었다. 그런데 그런 미노의 마음에 깃들어 살고자 하는 이 때 묻은 어른 때문에 미노가 다쳤다고 생각하니 가슴이 터질 것 같았다.

구석에서 말없이 서 있던 할아버지가 미노와 내 곁으로 다가왔다. 할아버지는 미노의 손을 꼭 잡아주며 차마 눈을 마주치지 못했다. 할아버지가 다시 벙커로 찾아든 데에는 김 사장과 다른 이유가 있는 듯했다.

"할아버지는 왜 돌아오셨어요?"

"너를 만나려고."

"저를 왜요?"

"얘기해주려고 왔다. 저 사람을 바꾸지 못하고 저렇게 되도록 그냥 내버려둬서 미안하다고."

"할아버지가 저 사람을 어떻게 바꿔요?"

"내가 저 인생을 살았으니까. 모든 것을 바로잡기까지 너무 오랜 세월이 걸렸단다. 이제 나는 그 시간을 다시 살 수 없지만 너라면 김 사장의 인생을 바꿀 수 있을 거다. 그걸 가르쳐주려고 온 거야."

"그게 무슨 소리예요?"

나와 할아버지, 그리고 김 사장이 묘하게 얽혀 있을 거라는 짐작은 했지만 할아버지가 하는 그 모든 말을 다 이해할 수는 없었다. 더 물어보려는 찰나 1층으로 내려갔던 메시가 지친 모습으로 다시 돌아왔다. 표정이 어두운 걸로 봐선 물을 빼내는 게 생각만큼 쉽지 않은 모양이었다. 벙커는 지진이 난 것처럼 미세한 진동에 계속 흔들리고 있었고 물은 2층까지 올라와 발바닥을 흠뻑 적시고 있었다.

"어떻게 됐어?"

"일단 문을 닫자."

메시는 육중한 해치를 들어 2층 출입문을 닫았다. 단 한 번도 잠가 본 적이 없는 그 문을 잠근다는 건 그만큼 사태가 심각하다는 뜻이었다.

"발전기를 돌릴 수가 없어. 물도 너무 많이 찼고 또…….'

메시의 눈이 잠시 미노에게 머물렀다. 미노가 아파서 벙커가 제 기능을 못 하는 것도 한몫을 한다는 뜻일 거라고 미루어 짐작했다.

"그럼 어떻게 되는데?"

"어쨌든 이 두 사람은 여기서 내보내야 돼. 시간이 없어."

"미노가 또 아픈 거지?"

"이 상태로는 더 이상 견디지 못할 거야. 빨리 여기서 데리고 나가야 돼."

"그럼 어디로 가는데?"

"미노가 돌아갈 곳이 정해졌으니까 이제 미노에게도 이 벙커는 필요 없어."

"……."

"때를 기다리고 있었는데 마침 일이 벌어진 것뿐이야."

발밑으로 강물이 차오르는 소리가 들렸다. 더 이상 지체할 시간이 없었다. 메시가 물건을 챙기는 사이 나도 짐 가방을 챙기며 할아버지에게 말했다.

"할아버지, 이 아저씨랑 다시 돌아가실 수 있죠?"

"그래, 내가 알아서 하마."

"묶은 손은 멀리 가면 풀어주세요."

"넌 어떻게 할 거니?"

"저 아저씨가 망쳐놓은 거 뒷수습하러 가야죠."

무언가에 안도하듯 깊은 한숨을 내쉬는 할아버지의 얼굴에서 묘한 연민이 느껴졌다. 하지만 손이 묶인 김 사장의 성질은 전혀 누그러들지 않았다.

"야, 니들 내가 가만 안 놔둬. 가긴 어딜 가! 난 못 가! 이 손 당장 풀지 못해?"

그 소리에 발길이 뚝 멈췄다. 김 사장의 허세가 말뿐이라는 걸 모를 리 없었다.

"그럼 지금 풀어 드릴게요."

순순히 손을 풀어주자 당황한 건 오히려 김 사장이었다.

"아저씨 혼자 여기 남으세요. 남아서 하고 싶은 대로 하세요."

"뭐, 뭐야?"

"지금 그렇게 하시라고요. 이 무너져 가는 벙커를 끌어안고 살라고요. 그리고 여기 남아서 곰곰이 생각해보세요. 친구와의 동업도, 로또 같다던 이 벙커도 왜 아저씨가 손만 대면 이렇게 사달이 나는지."

"이 새끼가 진짜!"

"아저씨한테 왜 내가 보일까 생각해 봤는데 결론은 하나예요. 아저씨가 사람이든 영혼이든 나처럼 마음 붙일 곳 없이 떠돌다가 다른 사람 마음에 빌붙어 살아야 하는 사람이라는 건 확실한 거죠. 진짜 자기 마음은 찢어지게 가난해서 마음 하나 쉴 곳이 없는 사람인 거예요."

"이게 누구한테 헛소리야!"

무슨 용기에서인지 가슴속에 숨겨두었던 이야기가 봇물처럼 터져 나왔다.

"사실은 모든 걸 망치는 게 바로 아저씨 자신이라는 거 아저씨도 알죠? 가족들이 싫어하는 것도 아저씨 때문이고 사업이 망한 것도 결국은 아저씨 때문이잖아요. 그래서 이렇게밖에 되지 못한 자신이 정말 밉잖아요. 그런데도 모든 게 나 때문이란 그 말을 못해서 이 지경이 된 거고요."

"이 자식이!"

"모두가 싫어하는 사람으로 사는 인생, 싫지 않아요?"

"잘난 척하지 마. 내가 뭘 그렇게 큰 잘못을 했다는 거야? 난 열심히 산 죄밖에 없어."

"아저씨가 그렇게 탐내는 벙커는 미노의 마음이에요. 어리고 순수한 아이의 마음이라고요. 이걸 세상에 팔아서 아저씨가 뭘 얻겠다는 건지 잘 생각해보세요. 가족들의 사랑, 주위 사람들의 인정…… 아저씨도 결국 이런 걸 얻고 싶은 거잖아요. 그런데 아저씨의 그 가난한 마음의 집에는 아저씨조차도 들어가기 싫잖아요."

"그래, 이게 그 꼬맹이의 마음이라 치고! 그러는 너는 뭐가 그렇게 대단해서 제 마음을 두고 여기 빌붙어 있었는데?"

"그래요. 아저씨나 나나 할아버지나 같은 부류의 사람들이에요. 나는 미노와 한 묶음이 아니라 아저씨랑 같은 사람이었어요."

쓸쓸한 고해 성사였다. 김 사장은 입을 굳게 다문 채 더 이상 아무 말이 없었다. 해치 바로 아래까지 물이 차오르는 소리가 들리자 할아버지가 김 사장의 어깨를 붙잡았다.

"이제 그만 가지."

김 사장이 혼잣말을 중얼거렸다.

"나는 열심히 산 죄밖에 없어. 내가 번 돈은 좋고 나는 싫다는 놈들이 나쁜 놈들이지 내가 나쁜 놈이냐."

그 순간 김 사장이 왜 그리 처량해 보였는지는 나도 모를 일이다. 김 사장이 자리에서 일어서자 긴장한 나머지 나도 모르게 주먹에 불끈 힘이 들어갔다. 김 사장이 나를 보며 말했다.

"넌 나 같은 인생이 우습지?"

"적어도 아저씨처럼은 살고 싶지 않아요."

"살아봐라. 그게 말처럼 쉬운지……."

그 말을 마친 김 사장이 물속으로 걸어 들어갔다.

의외였다. 김 사장이 이렇게 쉽게 포기하고 돌아서리라곤 생각하지 못했다. 김 사장이 물속으로 떠나자 할아버지 역시 뒤를 따랐다. 강물 속으로 걸어가는 두 사람의 모습은 이내 신기루처럼 시야에서 사라졌다.

다시 마주치고 싶지 않은 인연이지만 가슴 깊숙한 곳에서 올라오는 왠지 모를 쓸쓸함을 지워버릴 수 없었다. 두 사람을 보내고 3층으로 올라가자 메시는 이미 대충 짐을 싸고 떠날 준비를 마친 상태였다.

"미노는?"

"옥상에. 벙커는 이제 폐쇄할 거야."

"지금?"

"그래."

그 말은 나도 더 이상 이 벙커에 머무를 수 없다는 뜻이었다.

"그럼 나도 떠나는 거네."

"그래, 가야 돼."

"돌아갈 수 있을까?"

"그건 너한테 달린 거지."

메시는 뼛속까지 스며드는 한기 때문에 부들부들 떨고 있는 내 어깨를 꼭 잡아주었다.

"여긴 어떻게 되는데?"

"닫을 거야. 한번 노출된 벙커는 길 잃은 사람들이 숨어드는 빈집이 되거든. 잘 닫아 두지 않으면 의심과 불만으로 가득 찬 또 다른 누군가가 스며들어 올 테니까."

"그래, 김 사장처럼 진상 같은 영혼들!"

"그런데 그게 또 다른 너라는 게 문제지."

"뭐?"

"인정하기 싫겠지만 넌 먼 훗날의 너를 만난 거야."

할아버지를 처음 강둑에서 만났을 때 메시가 귀찮은 일에 엮이게 되었다고, 내가 끌어들인 일이라고 했던 말이 떠올랐다. 할아버지가 어떻게 김 사장의 인생을 살았고, 또 내가 어떻게 김 사장의 삶을 바꿀 수 있다는 건지 그제야 그 수수께끼 같은 말들이 이해되기 시작했다.

그렇게 미워하던 김 사장도, 무기력한 할아버지도 바로 나 자신이었다. 두 사람의 시작에 내가 있었다.

"어떻게 그럴 수 있어?"

"네가 발산하는 부정적 에너지가 먼 미래의 네 자신들까지 불러들인 셈이야."

악몽이구나.

전혀 예상치 못한 순간에 혐오해 마지않는 어른이 되어 있는 먼 미래의 나 자신을, 전혀 바라지 않는 모습이 되어버린 나를 마주한다는 건 진짜 악몽이구나. 무엇보다 김 사장이 먼 미래의 내 자신일 수도 있다는 사실이 고통스럽다.

하지만 하나도 닮지 않았잖아. 할아버지는 그렇다 치더라도 김 사장만큼은 얼굴 생김새를 떠나 생각, 생활 태도, 하다못해 기회가 되면 남의 뒤통수나 치는 사기꾼 기질까지 무엇 하나 그 사람과 내가 동일 인물이라고 생각할 수가 없다고. 공통점이라고는 돼지고기를 싫어하는 식성뿐이었는데.

"어떻게 저따위 인간이 미래의 나라고 말하는 거야. 어린 날의 자신조차 몰라보는 그런 인생을 사는 인간이 되어 있는데!"

"네가 지금의 너를 싫어하듯 김 사장도 그때의 자신을 증오하기 때문이 아닐까? 그저 빨리 지나가기만을 바라고 그 시절을 털어내 버리고 싶다고 생각했기 때문에 정작 네 자신을 보고도 기억하지 못한 거야."

"누가 누굴 보고 싫대? 싫은 건 오히려 나라고!"

"그래. 네가 지금의 너를 증오하듯 김 사장 역시 그 마음으로 살았으니 당연하겠지."

"하지만……."

"하지만 할아버지의 입장은 다르지. 그 긴 세월을 지나고 나니 지금의 너도, 김 사장의 모습도 모두 인생의 한 부분이니까 애틋하고 소중한 거지."

메시는 내가 머릿속으로 퍼 올리는 모든 질문에 답을 달아 주었다.

"네가 어떤 각성을 하느냐에 따라 같은 얼굴로 다른 인생을 살 수도 있는 거야. 그걸 할아버지는 알고 계셨던 거야."

"그럼 할아버지는 나와 그 김 사장이 젊은 날의 자기 자신이었다는 걸 처음부터 알았던 거네."

"그렇기 때문에 벙커를 떠나지 못한 게 아닐까? 네가 그런 실수를 저지르지 않도록 바로잡아 주고 싶어서."

"어떻게 바로잡아? 이미 지나가버린 일인데."

"네가 바뀌면 두 사람도 바뀌니까. 넌 두 사람의 과거잖아."

나에게서 김 사장으로, 김 사장에서 할아버지로 같은 인생의 길이 이어져 있다는 게 믿기지 않았다. 인생을 아무리 갈지자로 산다고 해도 전혀 어울리지 않는 세 사람의 인생이 하나라는 건 백번을 양보한다 해도 억지처럼 느껴졌다.

메시는 솟구쳐 오르는 강물을 들여다보다가 3층을 향해 소리쳤다.

"미노야, 가자!"

미노가 두 손에 운동화를 꼭 끌어안고 내려왔다.

"준비됐어?"

"응!"

"가출이 넌 신발을 챙겨."

"아, 참!"

"서둘러!"

나는 급히 운동화를 챙겼다. 내 것인지 김하균의 것인지 알 수는 없지만 만약 녀석의 것이라면 어딘가를 헤매고 있을 녀석이 제자리로 돌아올 수 있게 돌려주고 싶었다.

하지만 물속에 잠겨 뒤엉켜버린 물건들 때문에 한 발짝을 떼는 것도 힘들었다. 또다시 김 사장에 대한 미움이 스멀거렸다.

"망할 인간!"

욕을 하고 보니 그 상대가 미래의 자신이라는 서글픔에 절로 마음이 무거워졌다.

서재 서랍 속에 고이 모셔 두었던 운동화를 꺼내 들었다. 고이 품에 안았다가 생각을 바꿔 운동화를 신기로 했다. 물속에서 운동화를 잃어버리기라도 하면 녀석에게 영영 이 운동화를 건네지 못할까 봐서였다. 메시가 해치의 잠금장치를 풀자 물이 분수처럼 솟아올랐다.

"메시, 나 꼭 묻고 싶은 게 있어!"

"뭔데?"

"미노가 그러는데 네가 자기의 수……."

"수호천사?"

"그래, 수호천사! 혹시 네가?"

"……"

나는 그 침묵의 답을 알고 있다. 부정하지 않고 내 눈을 똑바로 바라보고 있는 메시의 눈이 바로 이 질문의 답이었다.

"정말이야? 정말 네가……."

"착각은 자유다."

녀석이 처음으로 활짝 웃었다. 이 녀석이 이렇게 멋진 미소를 가지고 있었는지 몰랐다.

"야, 메시! 다음에 만나게 되면 그때는 꼭 내 수호천사도 돼주라."

"됐어. 넌 지금도 네 자신을 지킬 만큼 충분히 강하잖아."

"……고마웠어, 진심으로."

"하하, 김가출 이제야 정신이 돌아왔네."

이별의 순간 저 사람과 다시는 만날 수 없을 거라는 예감이 드는 경우는 드물지만 어쩐지 메시와는 다시는 만날 수 없을 거란 확신이 들었다. 그건 사는 동안 내가 수호천사가 필요할 만큼 약해지지 않을 거라는 뜻이기도 했고, 또 그런 행운이 필요 없을 만큼 내 길을 잘 찾아갈 거라는 믿음 때문이기도 했다.

또다시 코끝이 찡해졌다.

이래서 사람은 늘 옆구리가 시린 모양이다. 사람은 혼자 제 한 몸을 다 끌어안지 못해서 필연적으로 다른 사람이 안아주도록 설계되었나 보다. 나는 녀석의 옆구리를 꽉 껴안았다. 질색하며 밀쳐 낼 줄 알았던 메시는 의외로 순순히 안겨주었다. 내가 더 으스러지게 껴안자 녀석은 그제야 나를 밀쳐내며 말했다.

"적당히 해라."

"고마웠다."

아, 창피하게 왜 눈물이 나지?

나는 뒤돌아서서 눈물을 훔쳤다.

"참. 미노야, 이거!"

나는 운동화와 함께 챙긴 다리미를 꺼내 보였다. 미노의 눈이 휘둥그레졌다.

"미노야, 이제 네 마음속에 이런 물건은 없는 거야."

나는 미노가 보는 앞에서 다리미를 힘차게 강물 속으로 던져 넣었다. 다리미가 흔적도 없이 사라지는 걸 본 미노의 얼굴에 환한 웃음꽃이 피었다.

메시의 등에 업힌 미노가 내 손을 꽉 움켜쥐었다.

"형, 또 만나."

"그래, 다시 만나자!"

우리는 서로의 얼굴을 바라보며 심호흡을 했다. 미노가 품에 꼭 안고 있던 운동화를 꺼내 신자 벙커가 요동치며 순식간에 강물이 차올랐다.

물이 목까지 차오르자 우리는 동시에 숨을 들이마시고 물속으로 내려갔다. 내가 먼저 벙커 입구를 빠져나오고 미노를 업은 메시가 뒤따라 나왔다. 미노가 벙커를 나서자마자 벙커가 무너져 내렸다. 아슬아슬하게 빠져나온 교각의 입구가 콘크리트의 잿더미 속으로 흔적도 없이 사라져버렸다.

그 순간 꼭 맞잡았던 미노의 손을 놓치고 말았다. 피부의 모든 땀구멍 속으로 차가운 물이 들어찼다.

아니다. 어차피 내가 느끼는 이 모든 것은 내 생각이 만들어낸 환상일 뿐이다. 내 몸이 있는 곳은 이 차가운 한강이 아니라 병원의 따뜻한 침대 위니까. 그 어떤 차가운 물이라도 내게는 문제가 될 리 없었다.

숨지 말고 내달려야 한다.

너도 숨지 말고 돌아와라, 김하균!

물 위로 솟아오르자 차가운 빗줄기가 얼굴을 때리고 넘실거리는 물살이 온몸을 집어삼켰다. 현실이 아니라는 것을 알면서도 점점 두려워진다.

젖 먹던 힘을 다해 노들섬 강둑으로 헤엄쳐 나아가고 있는데 눈앞에 잠시 이상한 빛이 어른거린다. 벙커에 들어오던 그날처럼 밝은 오렌지색 불빛이 눈앞에서 섬광처럼 번쩍인다.

내가 살아날 수 있을까?

의식이 깃들 몸을 찾아 깨어날 수 있을까?

더 큰 물살이 나를 덮치는 그 순간, 까무룩 의식이 멀어졌다.

각 성

소리가 없다.

출렁이는 물결 소리, 바람 소리, 덜컹거리며 지나가는 자동차 소리, 둔중한 벽의 울림까지 간헐적으로 삑삑거리는 기계음 사이로 모든 익숙한 소리가 사라졌다. 조바심을 내며 눈을 뜬 순간 빛이 쏟아져 들어왔다. 하얀 벽과 철제 침대가 눈에 들어왔다. 소독약 냄새가 나는 이불을 젖히고 뻣뻣한 고개를 돌렸을 때 누군가의 커다란 엉덩이가 얼굴에 닿았다.

뿡!

요란한 소리만큼이나 고약한 냄새를 풍기는 주인공은 같은 병실을 쓰는 남자아이였다. 내 얼굴에 대고 방귀를 뀐 녀석은 히죽거리며 몸을 돌리다가 나와 눈이 마주쳤다.

화들짝 놀란 녀석은 귀신이라도 본 듯한 얼굴로 울먹거리며 말했다.

"어, 엄마……."

"여기는……."

갑자기 말을 하려니 깊은 잠영을 하다 물 밖으로 솟구친 것처럼 호흡이 가빠졌다. 코에 꽂혀 있는 관이 거추장스럽다 못해 아프기까지 했다. 내가 일어나 앉자 곧 아이들이 침대 곁으로 몰려들어 야단법석을 떨었다.

"우와! 이 형 살아났나 봐!"

"형, 이 녀석이 형 죽어 있는 동안…… 아니, 형 자고 있는 동안에 얼굴에 방귀도 뀌고 입에 모기도 넣고 그랬어."

옆에 있던 안경잡이 꼬마가 그간 있었던 일들을 신이 나서 떠들어 댔다.

구경거리가 생긴 꼬맹이들에게 둘러싸여 졸지에 골목대장으로 환생한 느낌이었다. 내가 깨어나는 순간 모든 시선이 내게 집중된 듯했다. 나는 사레에 걸린 사람처럼 켁켁거렸다. 그 순간 누군가의 외마디 비명이 들렸다.

"악! 쟤 일어났다!"

"어머!"

"그러게, 어떻게 쟤가……."

막 병실로 들어서던 아줌마들의 충격에 가까운 표정을 보아하니 그 '재'란 문제의 아이가 바로 나인 모양이다. 6인실 병실에 있는 모든 눈이 일제히 나를 향하고 있었고 얼마 후 헐레벌떡 뛰어온 간호사 역시 놀란 입을 다물지 못한 채 다시 황급히 뛰어나갔다.

아줌마들이 단체로 넋이 나간 표정으로 내게 다가왔다.

한 아줌마의 손에는 깨끗하게 닦인 사과가 들려 있었고 그 뒤를 따라 삼삼오오 몰려든 다른 아줌마들의 손에도 제각각 접시와 칼이 들려 있었다. 식사 후 입가심으로 과일이라도 먹으려던 모양인데 이렇게 자리를 비우니 환자 입에 모기가 들어가는지 방귀 폭탄이 들어가는지 알 턱이 있나.

하지만 과도를 들고 부들부들 떨며 다가온 한 아줌마는 꽤 무서웠다.

"너 정말…… 일어난 거야?"

"누구……세요?"

"너!"

"여기가 어디예요?"

기쁨과 충격, 놀라움에 뒤범벅된 아줌마의 얼굴이 희미하지만 낯익었다. 아줌마의 눈에서 굵은 눈물이 흘러내렸다.

"정말 그런 거 맞지?"

"어머, 며칠 사이에 두 명이나 의식이 돌아왔네요. 이거 기적 아니에요?"

사과를 든 아줌마가 호들갑스럽게 말한다. 그러고 보니 내 옆에 놓인 침대 하나가 깨끗하게 정리된 채 비어 있었다.

"저, 근데 여긴 어디……."

그 순간 아줌마가 내 어깨를 꽉 움켜쥐더니 나를 와락 껴안았다. 그 바람에 손에 들고 있던 칼이 병실 바닥으로 떨어져 둔탁한 소리를 냈다.

혼란스럽다.

내가 왜 이곳에 누워 있으며 이 아줌마는 왜 내 목을 부여잡고 울고 있는지 혼란스럽다.

"이놈아! 어쩌자고 그랬어?"

아줌마의 목소리를 듣는 순간, 나는 불현듯 이 사람이 누구인지 깨달았다. 아줌마의 말투를 글이 아닌 음성으로 듣게 된 순간 확신할 수 있었다.

김하균이 마지막까지 고통스러운 현실을 떠날 수 없었던 유일한 이유…… 하균의 엄마였다.

"저…… 혹시 하균이 어머니……."

"망할 놈아! 하균이 어머니? 그래 이놈아! 내가 하균이 엄마다! 이제 생각이 나냐?"

아줌마는 죽을 만큼 아프게 내 등짝을 후려갈겼다.

분노와 울분이 담긴 그 손바닥이 어찌나 매운지 다시 실신할 지경이었다. 몇몇 아줌마들이 달려들어 하균이 엄마를 떼어놓고 진정시키는 동안 나는 도망가던 정신줄을 다시 붙잡았다.

아줌마들이 씩씩거리는 하균이 엄마를 말리는 사이 둘러본 주변 풍경이 이상하게도 낯설지가 않았다. 낯선 병원복과 낯선 병실이었지만 어딘지 모르게 익숙했다.

아! 하균이가 입원한 병원이구나.

나를 찾아 헤매다 우연히 들렀던 그 병실…… 하지만 내가 왜 이곳에 환자복을 입고 누워 있는지는 생각나지 않았다.

벙커에서 나와 급류에 휩쓸렸던 것까지는 기억나는데 그 다음에 어떻게 이곳까지 오게 되었는지는 기억에 없었다. 김하균과 나란히 같은 병실에 누워 있었던 게 아닐까 생각하는 그 순간, 이 아줌마는 일부러 내가 깨어나기만을 기다렸을지도 모른다는 생각에 등골이 서늘해졌다.

하지만 아줌마에게는 미안한 마음이 먼저였다. 이유야 어찌 되었든 나는 가해자 중 하나였으니까. 아줌마가 우리 아들 살려내라 머리카락을 쥐어뜯고 나를 물어뜯는다면 그 앞에 무릎이라도 꿇고 용서를 빌어야 한다고 생각했다.

"……아줌마, 죄송해요."

"너란 애는 진짜!"

아줌마는 내게서 등을 돌리고 있었지만 그 마른 등이 울고 있다는 것을 알 수 있었다. 하균의 상태는 어떤지, 의식은 돌아왔는지 물어야 하는 이 상황에 갑자기 내 방광이 새치기를 하고 들었다. 한강 물을 너무 많이 퍼마신 걸까?

"저, 죄송한데 화장실 좀 다녀와도 될까요?"

"뭐?"

"제가 급해서⋯⋯."

"괜찮아. 소변 줄 달려 있으니까 그냥 볼일 봐도 돼."

눈가가 짓무르도록 울던 아줌마는 아무렇지도 않은 듯 이렇게 대답했다.

아줌마의 시선을 따라 내려간 곳에 4분의 1쯤 채워진 노란 비닐 팩이 있었다. 줄을 잡아 끌어올리자 따뜻하고 물컹한 내용물이 느껴졌다. 지금껏 이걸 달고 여기 누워 있었다는 건가?

방 안의 모든 사람들이 소변 주머니를 든 나를 보는 걸 느끼자 얼굴이 화끈거려 앉아 있을 수가 없었다.

비틀대며 자리에서 일어선 나를 아무도 말리지 않았다. 보호자용 낡은 슬리퍼를 끌고 발걸음을 옮기자 침대를 가로막고 서 있던 사람들이 가르마를 타듯 갈라지며 문으로 향하는 길을 열어 주었다.

꼬챙이처럼 바짝 말라버린 다리가 내 것이 아닌 양 후들거렸다. 링거 주머니를 매단 채 미끄러지듯 화장실로 향했다. 어정쩡한 자세로 변기를 마주하자 역시나 기분이 묘했다.

한숨을 쉬자 오줌 주머니가 뽀글거리며 부풀어 올랐다. 지금이 겨울이었다면 이 따뜻한 주머니를 핫팩으로 써도 되겠다는 엉뚱한 생각이 들었다. 습관처럼 변기 물을 내리고 나와 거울 앞에 선 순간 나는 또 한 번 헉하고 숨을 들이마셨다.

거울 속의 이 아이는 누구인가!

기억 속의 내가 아니다.

내가 아닌 정도가 아니라 내가 아니어야 할 다른 아이의 얼굴을 하고 서 있었다. 그 거울 속에 뒤따라온 하균 엄마의 얼굴이 들어왔다.

"놀랐니? 괜찮아. 살이 좀 빠져서 그런 거야."

"내, 내 얼굴이 이게 뭐예요?"

"머리카락이야 다시 자랄 거고."

아줌마는 대머리 독수리처럼 깎여버린 내 민머리를 측은하게 바라보며 말했다.

"아니, 이게 누구냐고요! 이건 내가 아니잖아요!"

"그동안 힘들었던 거 엄마가 다 알아. 고생했어. 장하다, 우리 아들!"

나무늘보처럼 천천히 눈동자를 돌려 아줌마를 보기까지 억만 년이 흐른 것 같았다.

내가 누구라고?

그 순간, 이 낯선 얼굴이 누구인지 기억이 되살아나기 시작했다.

김……하균!

내가 그토록 경멸해 마지않던, 하지만 우리 모두의 잘못으로 의식 불명이 되어버렸던 아이, 그 김하균이 놀라 얼이 빠진 얼굴을 하고서 나를 보고 있었다.

거울 속의 하균과 하균이 엄마 두 사람 모두 거짓말을 하고 있는 것 같았다. 나는 아줌마의 손을 뿌리치고 병실로 뛰어갔다. 마음은 달리고 있는데 정작 내 몸은 주유소 앞에 놓인 풍선 인형처럼 흐느적거리기만 했다. 후들거리는 다리를 끌고 링거 걸이에 매달려 한참 만에야 내 자리로 돌아왔다.

김하균 / M 15세 / 20XX. 7. 11

침대 발치에 걸린 이름표가 그렇게 말해주고 있었다.

거울 속의 그 아이가 김하균이고 내가 누워 있던 그 침대도 김하균의 것이 맞다고 말해주고 있었다.

하지만 가장 혼란스러운 건 내게 두들겨 맞고 반 아이들에게 짓밟혔던 그 재수 없던 김하균 속으로 내 의식이 돌아왔다는 사실이었다.

때마침 내가 깨어났다는 호출을 받은 의사가 들어왔다.

"뭔가 잘못됐어요. 김하균이랑 저랑 침대가 바뀐 거 아니에요?"

"하균아, 너 왜 이러니?"

아줌마가 내 팔을 붙잡으며 말했다.

"잘못된 거 아니냐고요. 전 김하균이 아니에요."

"선생님, 얘가 아까부터 계속 저 소리를 하네요. 뇌에 뭔가 문제라도 생긴 건 아닐까요?"

"뭐, 일시적인 해리일 수도 있고 어쩌면 단순한 쇼크일 수도 있으니 좀 더 두고 보시죠."

"아니에요. 전 진짜 김하균이 아니라고요."

"그럼 넌 누군데?"

왼쪽 가슴 주머니에 펜을 가득 꽂은 젊은 의사가 내게 물었다. 나는 답을 찾는 대신 그의 가슴에 꽂힌 수많은 펜을 눈으로 골라내고 있었다. 형광펜, 중성 펜, 삼색 멀티 펜, 그리고 잉크가 새어 나와 파랗게 색이 밴 흰색 주머니까지…… 순간 또다시 까무룩 의식이 멀어지고 있었다.

안 돼! 정신 차려!

이 의사가 뭐라고 했더라? 그래, 내가 누구냐고 물었지.

"김하균이 아니면 네 이름이 뭔지 기억나니?"

"나는요…… 나는……."

벙커에 있는 동안 나는 그저 나일 뿐이었다. 메시는 나를 '김가출'이라는 별명으로 불렀고 나는 생각나지 않는 이름을 생각해내려 애쓰지 않았다.

벙커에는 달력만 없는 게 아니었다. 그 흔한 손거울 하나 없이 그저 흔들리는 강물에 얼비친 내 얼굴이 전부라고 생각하며 살았던 것이다.

"나는 반장이에요."

순간 머릿속에 떠오른 것은 그 말뿐이었다. 젊은 의사가 슬쩍 아줌마를 바라보자 아줌마가 고개를 내젓는 게 보였다.

"지금 당장 이름은 생각 안 나지만 전 그날……."

"하균아."

아줌마가 내 말을 가로막았다.

"반장은 이기혁이란 애야. 걔는 널 때린 애고."

또다시 멍해졌다. 이기혁이 반장이란 충격적인 사실보다 내가 도대체 누구인지 모르겠다는 당혹감이 더 컸다. 하지만 분명히 내 의식이 돌아가야 할 몸은 이 몸이 아니었다.

"아니에요. 내 몸이 바뀐 거라고요."

"몸이 어떻게 바뀌었는데?"

"의식이 없는 동안 전 다른 곳에 있었어요. 말하자면 길지만 아무튼 제가, 아니 제 의식이 있었던 곳은 여기가 아니에요. 전 엉뚱한 몸으로 돌아온 거라고요."

의사는 가볍게 한숨을 쉬며 되물었다.

"그래? 거기가 어딘데?"

"벙커예요. 한강대교 남단에 있는 벙커."

"한강에 벙커가 있다고?"

"보통 사람들은 모르는 곳이에요. 전 거기 있었어요. 김하균이 사고를 당한 그날 한강 물에 들어가는 바람에 벙커를 알게됐고 거기서 지냈어요. 몸은 여기 있어도 마음은 그곳에 깃들어 있는, 이를테면 유체 이탈 같은 거였어요. 그런데 어쩌다 김하균과 몸이 뒤바뀐 거고, 내 몸은 이 병원 어딘가 다른 곳에 있겠죠. 그러니까 난 김하균이 아니라고요."

"그래, 알았다!"

의사가 나를 달래는 사이 간호사가 내 팔뚝에 주사 한 방을 놓았다.

"왜 이래요? 이거 놔요!"

발버둥 치며 고개를 휙 돌리다가 우연히 보게 된 옆 침대의 이름표가 멍해져 가던 내 정신을 또다시 후려쳤다.

이민호 / M 6세 / 20XX. 7. 5

분명히 미노였다. 미노도 돌아온 것이다!

미노가 자신에게로 잘 돌아왔는지, 수호천사 메시는 어떻게 되었는지 그 모든 것이 궁금해졌다. 벙커의 '미노'가 이 '민호'라면 나는 착란을 일으킨 이상한 애가 아님을 증명할 수 있을 것이다. 하지만 그 전에 내가 '김가출'도 아니고 '반장'도 아닌 누구인지를 생각해내는 게 먼저였다. 그걸 깨닫는 순간 입이 굳게 다물어졌다.

힘없이 풀려버린 다리 때문에 털썩 침대에 주저앉았다. 사람들의 수군거림이 느껴진다.

"의식은 돌아왔는데 정신이 좀……."

"애가 좀 이상해진 거 같지? 하균이 엄마 불쌍해서 어떡하면 좋아?"

대꾸하고 싶은 말이 산처럼 쌓여 있는데 자꾸만 잠이 쏟아진다. 그동안 의식 없이 잠만 잤다면서 또 그 잠이란 녀석이 태산처럼 다가온다.

아, 그 주사가 나를…….

까무룩 의식이 멀어지는 사이 옆 침대의 엄마가 아이에게 하는 말이 귀에 흘러들었다.

"맛없어도 먹어야 돼. 밥을 먹어야 약을 먹지. 자, 어서!"

"싫어."

"먹어, 어서!"

"엄마 미워! 저리 가!"

아이는 제 엄마를 두 손으로 밀어내며 악을 쓰기 시작했다.

"엄마 가버리고 민호처럼 새엄마 오면 좋겠어? 새엄마 만나면 민호처럼 구박하고 때리고 그럴 텐데."

엄마의 으름장에 아이가 참았던 울음을 터뜨리고 말았다. 민호처럼 될 거란 말에 겁을 집어먹었는지 아이는 닭똥 같은 눈물을 뚝뚝 흘리며 엄마가 내미는 밥숟가락에 입을 벌렸다.

'새엄마'라는 단어와 '구박'은 왜 이리 한 몸처럼 붙어 다니는 걸까, 하고 생각하는 와중에도 눈꺼풀은 천근만근 무거워지며 까무룩 잠이 들려 하고 있다.

이런! 누가 병실 불을 끈 거야. 왜 이리 어두운 거야.

물어봐야지! 민호에게 어떤 일이 있었는지, 어떻게 되었는지 물어봐야지. 지금 민호를 만나러 가야 하는데…… 민호에게 형도 여기 있다고 말해줘야 하는데…… 그래야 되는데…….

팟!

번쩍이는 섬광과 함께 다시 병실 안이 밝아졌다.

내가 장장 스물네 시간 만에 다시 깨어난 순간 병실 안의 다른 아이들이 또다시 움찔하며 긴장하는 모습이 역력했다. 나는 녀석들을 돌아보며 입안에 모기나 파리가 있는지를 먼저 살폈다. 입안이 깨끗한 걸 확인한 뒤 하균 엄마에게 민호의 안부부터 물었다.

"민호는 괜찮아요?"

"그래, 걔도 의식이 돌아왔어."

"민호 좀 불러 주세요."

"하균아, 그건…….."

"민호란 아이 벙커에서 저와 함께 있었어요. 그 아이를 만나면 제 이야기가 사실이라는 걸 알게 될 거예요. 민호와 만나게 해주세요. 제가 김하균이 아니라는 거 민호가 얘기해줄 수도 있어요. 부탁이에요."

"그건 힘들 거야."

"왜요?"

"민호는…… 벌써 병원을 떠났어."

"연락처는요?"

"하균아, 가끔은 상대방을 위해서 모르는 척 고개를 돌려 주는 게 좋을 때도 있어……."

"민호를 만나야 된다고요!"

집요하게 민호의 이야기를 묻자 망설이던 아줌마는 어렵게 말문을 열었다.

"여자가 제 피가 섞이지 않은 남의 자식을 키우는 건 참 힘든 일이거든."

다른 이의 불행을 제삼자들끼리 이야기할 때의 그 미묘한 죄책감을 안고 아줌마는 이야기를 시작했다.

벙커의 미노가 아닌 병실의 민호란 아이는 부모님이 이혼하면서 할머니 밑에서 자라다가 아버지가 재혼을 하면서 새엄마와 함께 살았다고 했다.

민호는 언제나 사탕과 초콜릿을 쥐여주던 새엄마를 참 살갑게도 따랐다고 한다. 늘 입에 단것을 물고 방실거리는 민호에게 새엄마는 자신의 마음을 가장 잘 이해해주는 사람으로 느껴졌을 것이다. 민호가 올 때마다, 어리광을 부릴 때마다 민호의 새엄마는 쉽게 단것들을 내주었다. 사탕이든 초콜릿이든 딸기 맛 요구르트든, 민호는 어른들의 관심과 사랑 대신 늘 단맛을 입에 달고 살았다.

하지만 쉽게 내주는 새엄마의 사랑은 민호가 생각했던 엄마의 무조건적인 사랑이 아니었다. 아빠가 출근한 사이 새엄마가 손찌검을 한 뒤에 보상처럼 주어지는 그 단맛에 민호는 울다가도 뚝 눈물을 그치고 입을 다물었다. 어린 마음에도 아빠 역시 자신의 이야기를 들어줄 사람이 아님을 알았던 것일까. 민호의 입은 사탕을 문 채 굳게 닫혔다. 새엄마의 폭력도, 아빠의 무관심도 언제나 달콤한 설탕물에 가려졌다.

시간이 갈수록 새엄마의 폭력은 점점 더 심해졌다. 새엄마가 민호의 등에 벌겋게 달군 다리미를 갖다 대고, 온몸에 시퍼런 멍을 만드는 동안 주변 어느 누구도 민호가 그런 끔찍한 일을 겪고 있다는 걸 알아차리지 못했다.

우연히 유치원에서 바지에 주스를 쏟지 않았다면, 유치원 선생님이 민호의 바지를 벗기다 그 상처를 발견하지 않았더라면 민호는 어떻게 되었을까?

선생님과 유치원 원장의 항의로 민호에게 가해진 폭력이 도

마 위에 오르자 민호의 새엄마는 남의 가정사에 상관하지 말라며 민호의 유치원마저 끊어버렸다. 집 안에 고립된 민호에게 되돌아온 것은 새엄마의 차가운 무관심이었다. 새엄마는 민호에게 더 이상 과자를 주지 않았다. 유일한 위안이었던 단맛마저 빼앗긴 민호는 자지러지게 울었다. 그런 민호를 새엄마는 시끄럽다는 이유로 베란다에 가둬버렸다. 아버지가 출장을 떠난 그 며칠간 민호는 달랑 속옷 한 장만 입은 채 물 한 모금 먹지 못하고 베란다로 내몰렸다. 민호가 의식을 잃고 응급실에 실려 간 뒤에야 민호의 아빠와 할머니는 사건의 전말을 알게 되었다고 한다.

치밀어 오르던 분노가 먹먹함으로 바뀌었다. 그 뒤에 듣게 된 이야기가 너무 절망적이어서였다.

민호를 죽음의 문턱까지 몰고 간 새엄마의 죄를 묻는 이는 단 한 사람도 없었다. 민호 아빠에게 민호의 새엄마는 아들인 민호보다 더 필요한 사람이었기 때문이다. 민호 아빠의 부성애는 밥을 해주고, 빨래를 해주고, 집 안을 치워주는 새 아내의 존재감을 넘어서지 못했다.

민호 아빠는 새엄마를 내쫓는 대신 민호를 시골 할머니 집으로 보내며 사건을 덮어버렸다.

그 순간 메시와 나눴던 마지막 대화가 떠올랐다.

"메시! 다음에 만나게 되면 그때는 꼭 내 수호천사도 돼주라."

"됐어. 넌 지금도 네 자신을 지킬 만큼 충분히 강하잖아."

밤마다 들려오던 미노의 쌕쌕거리는 숨소리가 생각났다. 입에서 우유의 말간 단내를 풍기던 미노의 천진한 얼굴이 떠올라 코끝이 찡해졌다. 다시 만나자던 미노의 마지막 말이 떠올라 마음이 먹먹해졌다.

포근하고 안전한 자신의 벙커 밖으로 나온 현실의 민호에겐 지금부터가 진짜 현실의 시작이겠지.

그 무미건조한 현실에 민호가 잘 적응하게 되길 기도하며 눈을 감는 순간 주르륵 눈물이 흘렀다.

민호에 대한 연민 때문인지, 벼랑 끝에 선 내 처지 때문인지 울컥 무언가가 솟구쳐 올라왔다.

가장 안전하다고 믿었던 곳에서 일어나는 폭력 때문에 스스로를 벙커 속에 가둬버린 민호는 의식이 없던 내게 손을 내밀어준 유일한 사람이었다. 그런 민호의 마음에 내가 또다시 기억하고 싶지 않은 이들을 끌어들였다는 생각이 떠오르자 이루 말할 수 없는 죄책감이 들었다.

또다시 내 자신이 싫어진다.

김하균인 내 자신이 아니라 그 어떤 이름으로도 바뀌지 않는 이런 자신이…….

어쩌면 김 사장처럼 나는 처음부터 내 자신이 너무나 미워 스스로를 부정하며 지워버렸던 게 아니었을까? 메시가 말한 것처럼 나 역시 내 자신을 너무 증오한 나머지 누군가의 마음에 숨어드는 파렴치한 짓을 한 게 아닐까? 그렇게 생각하자 숨이 막혔다.

그렇게 하루가 흘렀다.

내가 의식이 없는 동안 민호를 만났다는 이야기가 의사에게 전해지자 곧 정신과 전문의와 긴급 상담이 이루어졌다.

며칠 동안 이어진 정밀 검사에서는 아무런 이상도 발견되지 않았지만 담당 의사는 내 정신 상태에 문제가 있다는 소견서를 제출했을 게 뻔했다. 말쑥하게 생긴, 나이 지긋한 정신과 전문의는 상담을 하는 내내 차에 부착된 태양광 전지 인형처럼 고개만 끄덕였다.

쉴 새 없이 *끄덕끄덕*, 그래그래, *끄덕끄덕*, 그랬구나, *끄떡끄덕*!

의사는 환자의 헛소리를 들을 때마다 반사적으로 움직이게끔 설계된 인형 같았다.

네가 겪었던 그 모든 경험이 모두 한 달 간의 꿈이다, 그걸 인정하지 않으면 계속 진정제를 맞게 될 거다, 뭐 이런 생각을 하며 끄덕이고 있는 거겠지.

내가 김하균을 부정하고 벙커에 집착할수록 정신과 전문의와의 집중 상담 시간은 늘어나고 있었다. 그들에게 나는 학교에서 집단 구타를 당한 뒤 의식을 잃었다가 정신 착란 증상을 보이는 김하균일 뿐이었다.

시간이 갈수록 답답한 소아 병동도, 나만 보면 쑥덕대는 다른 보호자들의 시선도 견디기가 힘들었다. 어느 순간 내가 하고 싶은 이야기가 중요한 게 아니라 그들이 듣고 싶은 답이 중요한 것이라는 생각이 들었다.

결국 '너는 김하균이다'와 '벙커는 네 꿈속의 일이다'라는 의사의 말에 고개를 두 번 끄덕여주자 그날로 퇴원 허락이 떨어졌다.

하균 엄마는 침대 옆 서랍장에서 운동화를 꺼내 내 앞에 놓았다. 본드 할머니에게서 받았던 그 운동화였다. 불현듯 본드 할머니가 찾은 운동화가 두 켤레가 아닌 한 켤레뿐이었다는 사실이 생각났다.

너무나 어이없게도 내가 김하균이란 사실은 빈틈 하나 없이 아귀가 착착 맞았다. 시간이 갈수록 하나둘 발견되는 증거들이 나를 꼼짝달싹할 수 없게 김하균에게 묶어놓는 느낌이었다.

퇴원 수속을 마치자마자 한강으로 달려갔다. 아줌마는 한강으로 가겠다는 나를 굳이 말리진 않았다. 노들섬부터 한강대교 근처를 샅샅이 살펴보았지만 그 어느 곳에도 벙커의 흔적은 없었다. 메시와 미노의 흔적은커녕 김 사장이나 할아버지 비슷한 사람조차 보이지 않았다. 무릎이 꺾이고 맥이 풀렸다.

모든 희망을 내려놓고 돌아서려는데 갑자기 기억보다 더 또 렷한 어떤 느낌이 날 붙잡았다.

그것이 단지 꿈속의 일이었다면 그 한 달 동안 매일매일 일어났던 모든 일이 이렇게 생생할 리가 없다. 이 눅눅한 물 냄새마저 친숙한데 어떻게 그 모든 게 꿈이란 말인가.

그럴 리가 없다. 나는 다시 물속으로 뛰어들기 위해 운동화를 벗었다. 그때 하균 엄마의 말이 내 발목을 잡았다.

"그만하면 됐어. 엄마는 믿을게."

"아니라고요. 아이들은 떠났지만 벙커는 정말 저기 있어요."

"하균아, 그딴 게 어디 있어? 저건 그냥 콘크리트 덩어리일 뿐이야."

"자그마치 한 달을 저 물속에서 살았다고요. 그때 제 몸이 하균이랑 뒤바뀐 게 분명해요."

"그럼 어쩔래? 너 물에 들어가면 그대로 죽을지도 몰라. 너 수영도 못하잖니. 그래도 들어갈래?"

"……!"

내가 망각하고 있던 사실은 지금의 내 몸이 김하균이라는 것이었다. 아줌마가 휴대폰을 내밀며 말했다.

"전화해라."

"……?"

"엄마도 수영 못하잖니. 정 들어가려면 구급차 불러놓고 들어가든가."

나는 벗어놓은 운동화를 다시 신을 수밖에 없었다.

내가 김하균으로 지내는 동안 아줌마의 협박과 회유는 약발이 잘 먹혀들었다. 땅콩 알레르기에, 콩 혐오증에, 우유 소화 효소 결핍까지 나는 아줌마가 읊어 주는 하균의 약점에 저당 잡혀 고분고분하게 김하균의 일상을 따를 수밖에 없었다.

아파트 방충망에 붙은 매미가 요란하게 울어 젖히고 있었다. 여름 방학은 한여름이 다 가기도 전에 끝나고 개학이 다가왔다.

아줌마는 문제를 일으켰던 여섯 명의 아이들이 방학 동안 번갯불에 콩 볶아 먹듯 솜방망이 처벌을 받았고 두 명은 이미 다른 학교로 전학을 가버렸다고 했다. 특히 반장인 기혁이는 처음 폭행을 시작한 주동자이면서도 제일 먼저 전학 수속을 밟아 말들이 많았던 모양이다. 자영과 기혁이 몰래 사귀는 사이였다는 건 조금 놀라운 일이었지만 한편으론 김하균에게 주먹을 날린 녀석의 객기가 이해되기도 했다.

하지만 학교 측에서 급히 만든 징벌 위원회는 사건을 덮기에 급급했다. 한 아이의 아버지가 부모들의 중지를 모아 아이들끼리의 단순한 싸움이었으니 모든 병원비를 배상하는 선에서 사건을 마무리 짓자고 제안을 했던 모양이다.

그 말에 아줌마는 분노했다. 한 사람이 생사를 오갔는데 뻔뻔하게 자기 자식만 감싸려 한다고 치를 떨었다. 하균 엄마는 교육청과 언론에 계속 사건을 알리려고 애썼다. 계속되는 투서로 인해 잠잠해지던 사건이 다시 들끓자 가해자 부모들이 하균의 부모에게 압력을 가하기 시작했다.

김하균이란 아이 역시 피해자이기 이전에 가해자였으니 부모로서 부끄러운 줄 알아야 한다고 여섯 아이의 부모가 목청을 높였다. 하지만 아줌마는 몇 마디의 단호한 말로 그들 모두의 입을 다물게 했다.

"저도 부모로서 아이를 이렇게 키운 걸 부끄럽게 생각합니다. 입이 열 개라도 할 말이 없어요. 하지만 댁들도 마찬가지 아닌가요? 우리 애를 비난하기 전에 여섯 명이 한 사람을 폭행한 잘못을 먼저 물어야 하는 거 아닌가요? 이쯤에서 덮고 싶으시다고요? 그쪽 부모님들 숫자가 더 많은 걸 내세워 이 일을 무마하려 하신다면 여섯 명의 아이들이 우리 아이 하나를 때린 것과 뭐가 다른가요? 원래 싸움은 더 많이 가진 사람, 더 목소리 큰 사람이 이기지만 이런 진흙탕 싸움에서는 더 잃을 게 없는 쪽이 이기기 마련이죠. 저는 잃을 게 없는 쪽이니 끝까지 가겠습니다."

김하균의 엄마는 녀석의 생각만큼 나약한 사람은 아니었다. 녀석이 제 엄마를 몰랐든지 아줌마가 변했든지 둘 중에 하나겠지만 아줌마는 내가 생각했던 모습과는 너무나 달랐다.

아줌마는 나를 보며 다짐하듯 말했다.

절대로 나를 포기하지 않을 거라고…….

하균 엄마의 이런 집요함은 때마침 터진 굵직굵직한 학교 폭력과 자살 사건에 힘입어 이슈가 됐고 조용히 사그라지고 있던 사건이 재조명되기 시작하면서 아이들의 처벌도 가속화되었다.

내가 깨어나고 얼마 후 기혁과 민석은 사회봉사 명령 120시간을, 나머지 아이들은 80시간을 선고받았다.

아이들과 그 부모들은 김하균이 원인 제공자였고 그 일이 있기 전 더한 일로 물의를 빚던 문제아였음을 피력했지만 세상은 결과에 주목했다.

세상 사람들은 '맞아도 싼', '죽어도 싼'이란 말에는 무감각했지만 '맞아도 싼 열여섯'이란 말에는 분노했다. 김하균이 어떤 아이였든 세상은 여섯 명에게 일방적으로 집단 구타를 당한 열여섯 살이란 나이에 연민을 가졌다.

나는 여전히 내 기억 속의 김하균이 매를 부르는 인간이었음을 부정하지 않고 있지만 시간이 지날수록 조금씩 억울해졌다. 김하균이란 놈, 막상 내가 그 타이틀을 달고 살아보니 이렇게 욕만 먹고 사는 인생이 본인도 좋을 리 없었겠구나, 하는 측은

지심이 생겼다.

내가 김하균이라는 것은 여전히 받아들일 수 없었지만, 그 마음 사이로 녀석에 대한 연민이 서서히 배어들고 있었다.

반장 기혁을 포함한 여섯 명이 전학을 가거나 무기정학을 당하는 중징계를 받고 나까지 병가로 결석하면서 서른여섯 명이던 우리 반은 졸지에 듬성듬성 이가 빠지고 휑뎅그렁한 모습이 되었다.

중학교 3학년은 고등학교 배정 때문에 전학을 가는 경우가 드물었다. 그래서 악명 높은 사고뭉치라도 웬만하면 출석 일수를 챙겨주며 학교를 졸업시켜 주기도 했다. 그런데 우리 반은 그 전례들을 뒤엎고 무려 일곱 명이나 빠진 졸업 사진을 찍을 수밖에 없었다.

이 와중에 아줌마는 단체 사진에 끼워 넣을 가장 잘 나온 내 사진을 담임 선생님에게 전달했다며 밝게 웃었다. 단체 사진 귀퉁이에 어색하게 끼워져 있을 김하균의 얼굴을 상상하자 한숨이 절로 새어 나왔다.

아줌마는 이제 몸도 마음도 추슬렀다는 자신의 판단에 따라 내가 다시 학교에 나가길 원했지만 몸은 차치해 두더라도 내 마음만큼은 확실히 김하균의 삶을 받아들이기를 주저하고 있었다. 피를 나눴다는 가족조차 아직 적응이 안 되는데 학교로 돌아간다는 건 꿈도 못 꿀 일이었다.

구사일생으로 살아 돌아온 아들에게 말 한마디 건네지 않는 녀석의 아버지도 낯설기는 마찬가지였다. 반면 아줌마는 나에게 모든 것을 맞추느라 늘 노심초사였다.

"하균아, 저녁에 뭐 먹을래? 돼지고기 있는데 너 좋아하는 제육볶음 해 줄까?"

"저 돼지고기 싫어해요."

"아냐, 너 원래 가리는 거 없이 다 잘 먹었어."

"누린내 나서 싫어요."

"한번 먹어 봐. 엄마가 해준 거 먹어보면 기억이 날 거야. 사람 입맛은 그렇게 쉽게 바뀌지 않아."

그러고 보니 돼지고기 누린내를 싫어하는 김 사장과 할아버지의 입맛이 내 모습 그대로였지. 그래, 입맛은 평생을 가는 게 맞는 모양이다.

"하나씩 천천히 받아들이다 보면 기억도 돌아올 거야."

"기억 잃어버린 거 아니라고요. 아줌마가 믿든 안 믿든 나는 분명 그 벙커에 있었어요."

"제발 그 아줌마 소리 좀 안 할 수 없니?"

분노가 치밀었다. 김하균이란 옷을 입고, 김하균의 가족 사이에 묻혀 살아간다고 해도 내가 이렇게까지 아니라고 주장하면

한 번쯤 귀 기울이는 척이라도 해야 하지 않나?

절망은 아주 가까운 곳에서부터 왔다. 가족이라는 명분 아래 쉽게 상처를 주는 사람들로부터. 어쩌면 김하균 이 녀석 뼛속까지 외롭지 않았을까?

"싫다는 거 강요하는 것도 폭력이라는 생각 안 해보셨어요?"

"하균아······."

"도대체 몇 번을 싫다고 말해야 믿어줄 거예요?"

"엄마가 미안해."

"정말 미안하다면 강요하질 말아야죠."

"그래그래!"

"아줌마도 김하균 아버지랑 다를 게 없는 사람이에요."

"하균아······."

"아줌마도 아저씨에게 당한 만큼 아들에게 퍼붓고 산 거라고요."

아줌마의 눈이 또다시 충격과 슬픔으로 얼룩졌다.

"근데 김하균은 그런 엄마가 불쌍해서 떠나지 못했던 거, 아줌마는 몰랐죠?"

"하균아, 너······."

아줌마의 눈에 돌연 슬픔이 일렁거렸다.

"엄마가 어떻게 해주면 좋을까? 엄마가 뭘 믿어주면 좋겠니?"

"아무것도 하지 말고 아무것도 믿지 마세요. 나는 지금도 내가 김하균이란 사실을 믿고 싶지 않으니까. 그러니까 아줌마도 내게 강요하지 마세요."

결국 나와 아줌마 사이에 폭풍이 몰아쳤다. 아직 엄마로 받아들일 수 없는 이 아줌마가 앞으로의 내 인생을 또다시 숨 쉴 수 없는 지옥 속으로 집어넣으려 할 때, 나는 이제야 김하균이란 이름을 받아들여야 한다는 생각이 들었다.

"저 학교 그만둘래요."

아줌마가 사색이 된 얼굴로 내게 매달렸다.

"하균아, 제발 부탁이야. 이러지 마."

"도저히 안 되겠어요."

"이제 거의 다 왔는데 조금만 더 가면 안 되겠니?"

"어딜요?"

"고등학교까지만 졸업하고 해외로 가든지 그것도 아니라면 대안 학교라도 알아보든지……."

"싫어요."

"그 고생을 하고 겨우 제자리를 잡았는데 지금 와서 포기하는 건 아깝잖니."

"뭐가 아까워요?"

"하균아, 학교는 마치자."

"더는 싫다고요."

"그럼 학교도 안 다니고 뭘 할 건데? 중학교, 고등학교 졸업장도 없이 뭘 할 거니?"

"졸업장으로 뭘 할 수 있는데요? 3년을 더 돌아가는 것뿐이에요."

"그래, 좋아. 엄마도 네 마음 이해해. 사고 당한 뒤로 모든 게 두렵고 낯설겠지. 엄마도 그 마음 알아. 그렇지만 제발 대안 학교를 다니든 검정고시를 치든 졸업장은 받자."

깊은 한숨이 새어 나왔다. 아줌마는 세상의 정해진 틀과 규칙에서 벗어나면 인간으로서 실격이라는 생각에 사로잡힌 사람이었다.

"조금만 참아. 시간은 금방 가는 거야. 자⋯⋯."

아줌마는 아이를 달래듯 내 마음을 다독이려 했다. 하지만 그건 어린아이가 칭얼대는 걸 달랠 때나 먹히던 유통 기한이 지난 주문일 뿐이었다.

"어머니⋯⋯."

하균의 엄마를 어머니라고 부른 건 의식을 회복한 뒤로 처음이었다. 하지만 완고한 성벽 어딘가에 있을 빈틈을 찾기 위해서 꼭 그 이름을 부를 수밖에 없었다.

"⋯⋯."

"그러다 나 쓰레기 돼요."

아줌마의 입이 툭 하고 벌어졌다.

이따위 말밖에 할 수 없어서 아줌마에게 미안했다. 인간이 안 됐는데 머리에 뭘 쑤셔 넣어봤자 뭐가 되겠냐는 뒷말은 덧붙이지 않았다.

"하균아, 너⋯⋯."

"사람들의 시선, 손가락질, 졸업장⋯⋯ 그딴 게 뭔 대수인데요? 어차피 아무것도 대신해주지도 않는 건데⋯⋯. 나란 새끼는 숨 쉬는 법부터 다시 배워야 해요. 사람들이 다 할 줄 아는 걸 나만 못하는 게 얼마나 많은데⋯⋯."

"너 정말⋯⋯."

"죄송해요."

"너 정말 우리 하균이 맞니?"

"⋯⋯."

그동안 가장 바라던 말을 들었는데도 전혀 기쁘지 않았다. 오히려 마음 한구석이 심하게 쓰려 왔다.

"내가 알던 우리 아들 맞는 거니?"

"저도 제가 누군지 모르겠어요. 어머니가 얘기하는 김하균과 전 달라도 너무 달라요. 어느 것 하나 내가 나인 게 없어요. 사고가 난 그날조차도요. 내 기억은 김하균을 흠씬 두들겨 팼다고 말하는데, 그 녀석은 그렇게 맞아도 싼 녀석인데⋯⋯."

"아니야, 아니야! 넌 맞아도 싼 애가 아니야."

아줌마의 눈에서 하염없이 눈물이 흘러내렸다.

"도대체 뭐가 잘못됐는지 모르겠어요."

"엄마는 자꾸만 네 등을 밀어 집 밖으로 내쫓았던 그날이 떠올라 견딜 수가 없어. 그날 내가 널 내보내지만 않았어도, 그날 너에게 그 돈 봉투를 쥐여주며 나가라고만 하지 않았어도 일이 이렇게까지 되었을까? 내가 널 그렇게 만든 것만 같아서 미칠 것 같아."

"그 마음을 몰랐던 건 아닐 거예요. 어머니 때문에 집을 나가지 않고 버텼으니까."

또다시 아줌마가 흐느끼며 말했다.

"너희 반 아이들에게 물어봤어. 우리 착한 하균이가 도대체 무슨 죽을죄를 지었기에 그렇게 때렸냐고 했더니 걔들이 나를 물끄러미 바라보더라. '아줌마에게 착한 그 아들이 학교에서 얼마나 나쁜 놈이었는데요…….' 걔들 눈빛이 그런 말을 하더구나. 너를 낳은 엄마조차 너를 돌아보지 못했는데 덮어놓고 그 아이들을 탓할 수가 없었어. 엄마는 너를 정말로 이해하지 못한 거잖니."

나 역시 뭐라 할 말이 없었다.

"그날 문이 닫히기 전에 네가 그랬지. 나중에 엄마가 참고 산 게 다 너를 위해서라고 할까 봐 두렵다고, 다 너 잘되라고 아빠랑 살았다고 할까 봐 그게 제일 싫다고 했어. 네 아빠는 '개는 아홉 번 때려도 한 번 쓰다듬어주고 잘 대해주면 그걸 기억하는

데, 고양이는 아홉 번 잘해줘도 한 번 못해주면 그 못해준 한 번을 기억해서 싫다'라고 했지. 그 말을 넌 치를 떨며 싫어했어. 개처럼 두들겨 맞아도 잘해준 그 한 번을 기억하라는 아빠의 그 마음을 증오한다고. 세상에서 네가 가장 이해할 수 없는 두 사람이 바로 엄마와 아빠랬어. 서로가 서로에게 지옥인데 왜 두 사람은 같이 사느냐고."

아줌마의 고백에 한참 동안 마음이 먹먹했다. 긴 침묵 끝에 아줌마는 힘겹게 입을 열었다.

"너 그것도 모르지? 넌 엄마를 한 번도 어머니라고 부른 적이 없었던 거. 어쩌면 네 말처럼 너는 정말 네가 아닌 다른⋯⋯."

아줌마는 흐느꼈다.

"아니야! 너는 내 아들이다. 세상 누가 뭐래도 너는 내 아들이야."

"죄송해요⋯⋯."

"엄마가 거짓말했어."

"⋯⋯."

"넌 돼지고기 싫어하던 우리 하균이가 맞아. 싫다는 걸 내가 억지로 들이밀었던 거야."

순간 거울에 비친 김하균의 모습이 보였다. 지겹게 거울을 들여다보아도 익숙해지지 않는 저 얼굴, 그 얼굴의 눈 아래가 쓰라렸다. 김하균이란 녀석은 제대로 울 줄도 모르는 녀석이 아니었을까?

얼마나 울지 못했으면 눈물샘 위에 딱지가 앉아 길을 막고 있는 것 같이 이토록 쓰라리게 아픈 걸까. 한참 만에야 굳게 닫힌 눈물샘을 뚫고 주룩주룩 해묵은 눈물이 흘러내렸다. 아줌마의 눈 속에도 물결이 일렁거렸다. 그날 이후로 식탁 위의 제육볶음은 자취를 감추었다.

나는 주변 사람들에게 나를 호소하는 대신 내 안으로 잦아드는 법을 배웠고 달라졌다.

힘이 들 때면 무조건 자전거를 타고 내달렸다. 헉헉대는 내 숨소리와 터질 것 같은 심장 소리가 가라앉자 주변의 소리가 들려왔다. 한강의 끝과 끝을 쉼 없이 내달리다가 정신을 차리면 늘 그 교각 앞이다. 내 남은 인생 전부를 이곳에 서서 기다린다 해도 벙커는 보이지 않을 게 분명하다는 걸 이제는 받아들이는 중이다. 처음부터 그 벙커는 내 의식 속에만 존재한 것이었을지도 모른다.

하지만 나는 쉽사리 발걸음을 돌릴 수가 없었다. 그저 내 마음에서 끄집어낸다면 다시 벙커의 문이 눈앞에 나타날지도 모른다는 그런 터무니없는 생각이 가슴 가득 들어찼다.

나는 세상 사람들이 부럽다고 말하는 열여섯 살이다.

세상을 다 주고도 가질 수 없는 찬란한 열여섯인데 지금 내 심장은 반환점을 찍고 돌아가는 마라토너처럼 지쳐 주저앉고만 싶다. 이렇게 의미 없이 살다간 앞으로도 내가 살아온 삶만큼 혹은 그 이상으로 힘들 거라는 걸 아는 열여섯의 마라토너이다.

우리는 왜 이 멍청한 마라톤을 계속하고 있나?

단지 전국의 수십만 명이 함께 뛰고 있기 때문에, 내 나이의 모든 아이들이 그렇기 때문에 나 역시 뛰어야 한다고 어른들은 말한다. 하지만 내 한계치는 여기까지다.

그 아이들은 반환점을 지나 인생의 레이스를 계속하겠지만 내게 반환점의 깃발은 끝을 의미했다. 다시 새로운 레이스를 시작하는 결승점, 그리고 출발점. 그곳에서 나는 멈춰 섰다.

다시 학교로 돌아갔을 때에야 내가 있어야 할 곳을 확실히 깨달았다.

숨 막히는 사우나 실에서 방금 뛰쳐나온 기분이 되어 주변을 돌아보았다. 길 위에 우뚝 선 내 어깨를 치고 지나가던 아이들이 흘끗흘끗 나를 돌아보며 쑥덕거렸다. 더러는 욕을 하고 몇몇은 시비를 걸어왔지만 나는 애써 충돌을 피했다.

아이들은 내가 머리를 다쳐 바보가 되었거나 기억 상실증에 걸린 게 분명하다고 수군거렸다. 나는 수업 시간에 졸지도 않았고 아이들에게 다시 시비를 걸지도 않았다. 그렇다고 열심히 무언가에 집중하는 것도 아닌 상태로 멍하니 하루를 보냈다. 아이들이 시비를 걸어올 때, 나는 그들을 향해 웃어주었다. 내가 웃을수록 아이들이 더 소름끼쳐 한다는 걸 알면서도 다른 방법이 떠오르지 않았다.

나를 짓밟았다는 그 아이들보다 더 지독한 아이들은 방관자로 물러나 있다가 폭행 동영상을 인터넷에 올린 아이들일지도 모른다. 동영상이 이슈가 되자 학교는 뒤늦게 아이들에게 동영상을 내릴 것을 권고했다.

하지만 일파만파 복제되어 퍼져 나간 동영상의 후폭풍은 예상보다 훨씬 심각했다. 엄청난 조회 수를 기록한 동영상의 제목은 '○○중학교 찐따 폭행 동영상'이었다.

모두가 잠든 새벽, 나는 조용히 컴퓨터를 켜고 아이들이 올린 그 동영상을 마주했다. 5분 남짓한 짧은 동영상의 시작은 반장 기혁이 김하균의 등을 벽으로 떠미는 장면에서 시작했다. 기혁이 먼저 헛주먹을 날리고, 김하균이 피한 다음 그새를 놓치지 않고 기혁을 향해 주먹을 날린다. 그리고 잠시 뒤 기혁이 김하균의 얼굴에 다시 주먹질을 하려는 순간 나는 다급하게 그 장면을 되감아 보았다.

녀석은 반장의 주먹을 피하지 않고 있었다. 마치 자신을 지탱할 끈을 놓아버린 듯 기혁의 주먹 앞에 눈을 감는 녀석의 얼굴을 보는 순간 내 가슴속에서 무언가가 폭발했다.

굳게 잠겼던 봉인이 뜯겨져 나가고 있었다.

이제는 아무것도 잃을 게 없다고 생각했던 그날의 나를 마주하자 심장이 터질 것 같았다. 이대로 세상이 끝난다 해도 나를 걱정해줄 가족도 슬퍼할 친구도 없는 텅 빈 인생이라는 생각이 들었다. 차라리 반장이 내 삶을 끝내주길 바랐다. 그때의 나를 보며 뜨거운 눈물이 솟구쳐 올랐다.

김하균이란 이름으로 살아가기가 너무나 힘들었던 그날의 내가 가여웠다. 불행하다고 믿었던 내 자신이 너무나 애처로워서 주체할 수 없이 눈물이 났다. 김하균이란 이름을 받아들이는 순간 가슴이 뜯겨져 나갈 만큼 아팠다.

"결국은 아저씨 때문이라는 거 아저씨도 잘 알잖아요. 그래서 자기 자신이 싫은 거죠? 이렇게밖에 되지 못한 자신이 정말 미워서 그런 거잖아요."

김 사장에게 했던 그 말이 부메랑처럼 다시 내게로 왔다. 나 역시 내 자신을 미워하며 살았던 것이다.

옹송그린 채 아무런 저항 없이 두들겨 맞는 내 얼굴 위로 아이들이 키득거리며 나를 비웃고 있었다. 차가운 바닥에 쓰러졌을 때 문득 그런 생각을 했다. 다시 인생을 산다면 내 얼굴에 주먹을 날렸던 반장의 인생으로, 모두가 좋아하는 저 아이의 인생으로 살아보고 싶다고. 그래서 나는 반장이라는 이름으로 자신을 지워버린 채 벙커로 들어갔던 것이다.

이제야 비로소 온몸과 마음이 아프기 시작한다. 몸과 마음이 오롯이 하나인 미노처럼 나 역시 이제야 진짜 마음의 아픔을 느끼기 시작한 모양이다.

　아침이 밝았다. 눈을 떠보니 침대 발치에 새 교복이 걸려 있었다. 응급실에서 찢겨 나간 교복을 대신할 새 교복을 다시 사다 놓은 건 아버지였다. 내가 다시 등교하기 시작하자 아버지는 슬슬 모든 것을 제자리로 돌리려고 했다. 옛날 일들을 허겁지겁 덮어버리고 한 달 전과 지금을 박음질로 이어 붙인 듯 아무렇지 않게 그 일상을 내게 들이밀었다.

　그날 오후 나의 자퇴 선언을 두고 아버지란 사람과 첫 독대를 했다. 대화는 아버지의 일방적인 폭언과 주먹질로 시작되었다. 큰일을 당하고 돌아온 터라 이러지도 저러지도 못한 채 분을 삭여 왔던 아버지가 드디어 폭발하고 말았다. 부자 간의 대화는 일기를 통해 이미 알고 있던 대로 무시무시한 폭력과 강압적인 명령으로 인해 좀처럼 나아가질 못했다.

　골프채와 테니스 라켓, 야구 배트를 번갈아 잡는 아버지 앞에 선 누구라도 오금이 저릴 만했다. 예고 없이 날아오는 주먹질에 머릿속이 하얘질 때마다 아버지는 내게 되물었다.

　"학교 갈 거냐, 안 갈 거냐?"

　"더는 못하겠습니다."

　"너 내가 말 두 번 하게 만드는 거 싫어하는 거 잘 알지?"

"……."

예전의 나조차 제대로 알지 못하는 그 아버지를 지금의 내가 알 리가 없다.

"다시 묻자. 학교는 졸업하는 거다."

묻는다고 해놓고 명령형으로 말하는 건 일기 속의 아버지와 조금도 다르지 않았다.

"죄송합니다."

"너 이 새끼!"

테니스 라켓이 내 왼쪽 머리를 후려갈겼다.

"고등학교도 안 나온 따라지로 살겠다고? 너 사회가 어떤 곳인지는 알고 하는 소리냐? 정글이야, 새끼야! 지금이야 부모가 다 돌봐 주니 호의호식하며 살지만 그 부모 뒤에는 인정사정 안 봐주는 정글이 있다고! 너 같은 따라지 새끼가 사회로 나가면 바로 만신창이야, 알아?"

"죄송합니다."

또다시 테니스 라켓이 얼굴을 강타했다. 순간 팽팽하게 조인 줄이 끊어지면서 얼굴에 기다란 생채기를 만들었다. 그 무시무시한 폭력 앞에 한없이 약해지려는 나를 추슬렀다.

이대로 아무것도 아닌 인생을 살지 말자. 지금 포기하면 이제는 숨을 곳도 없어. 아버지 뒤에는 인정사정 안 봐주는 세상이 있다는데……. 그래, 이 정도는 참고 견뎌야지.

그 정신없는 와중에 이런 생각까지 들었다.

이렇게 두들겨 맞다가 죽는 게 아닐까? 용케 버티는 걸 보면 나란 놈이 평소 맞고 자라 맷집 하나는 좋은 모양이구나.

"부모가 공부를 안 시켜줘? 용돈을 안 줘? 남들 다 다니는 학원에 과외에 그렇게 돈지랄을 했는데 이제 와서 뭐? 학교를 안 가?"

"이건 제 인생이 아니에요."

"그 미친 소리 듣자고 16년을 키웠는 줄 알아?"

"......."

침묵은 완고한 내 의지의 표현이었다.

"이 새끼가 그래도 끝까지 대들어?"

탕 하는 둔탁한 소리를 내며 테니스 라켓이 바닥에 떨어졌다. 하지만 아버지는 이내 단단한 골프채 하나를 빼 들었다. 골프채는 줄 따위가 끊어질 일은 없으니까. 묵직한 골프채에 거실의 유리 진열장이 박살나고 양주가 흘러넘쳤다.

등을 정통으로 얻어맞고 바닥으로 나동그라지면서 양주 웅덩이에 고개가 처박혔다. 그 바람에 입으로 들어온 그 비싼 양주가 보리차라는 걸 처음 알았다. 귀하게 모셔진 양주 중 하나가 구색을 맞추기 위해 채워진 보리차라는 사실이 서글펐다.

그러면서도 나는 골프채를 든 이 남자가 밉지 않았다.

이 사람 역시 지금을 놓치면 영영 아들을 잃을 수도 있다는 생각에 혼신을 다해 자신의 방법대로 아들을 부여잡고 있다는 걸 느낄 수 있었다. 그 유일한 방법이 폭력일 수밖에 없는 이 사람을 나는 이제 이해한다. 그의 어린 날이 그랬고, 살아온 길이 그랬고, 또 지금도 달리 방법을 찾지 못했을 테니까.

뺨 주위가 퉁퉁 부었는지 눈조차 제대로 뜰 수 없을 지경이었다. 그 순간 헉헉대며 뒷걸음질 치는 아버지가 보였다. 광기와 슬픔에 휩싸인 그 얼굴 뒤로 울부짖는 엄마가 눈에 들어왔다.

"애가 죽다 살아난 지 얼마나 됐다고! 당신은 사람도 아냐!"

"시끄러!"

"말로 하라고, 말로!"

"이 새끼가 말로 해서 들어 먹을 인간이야? 당신이 그렇게 애를 감싸고 도니까 이 자식이 병신 새끼가 된 거라고!"

"차라리 날 죽여요!"

"애를 저렇게 만든 건 다 당신이 손바닥 위에 올려놓고 오냐오냐 키워서 그런 거야. 내 오늘은 이 새끼 정신머리를 단단히 고쳐 놓고 만다."

"그래서? 애를 당신처럼 만들려고? 자기 아버지가 죽어도 눈물 한 방울 못 흘리는 그런 인간으로?"

순간 아버지의 입이 굳게 다물어졌다. 그사이 엄마는 아버지 앞에서 방패막이라도 되려는 듯 나를 끌어안았다. 아버지는 아무 말도 없이 망부석이 되어 서 있었다.

엄마의 말처럼 아버지가 아무것도 느끼지 못하는 냉혈한이라면 지금 이 순간 이 사람의 가슴속에 울렁이는 슬픔을 설명할 길이 없다.

어쩌면 아버지에게 가장 견디기 힘든 건 아들이 자신과 같은 인생을 살게 되는 것이 아니었을까?

그제야 깨진 진열장 유리를 밟고 서 있는 아버지가 보였다. 아버지는 깨진 유리를 밟고 피를 철철 흘리면서도 아프다는 내색 한 번 하지 않고 서 있었다. 맨 발바닥 사이에 흥건하게 피가 고이고 있는데도 장승처럼 서 있기만 한 이 사람이 가여워졌다. 하고 싶은 말을 말로 표현하지 못하고 울분과 분노로 표출하는 방법밖에 모르는 이 사람 역시 나와 같은 어린 시절을 보냈다는 사실에 눈물이 났다. 그 순간 내 가슴은 더 이상 나를 부정하지 않았다.

바닥에 떨어진 수건을 들고 그 발등을 감싸는 순간 그제야 깨달았다.

아버지!

내 아버지이기 때문에 내가 이렇게 가슴이 아픈 거구나.

내가 아버지의 아들이기 때문에 아버지가 이렇게 고통스러워하는 거구나.

신이 있다면 빌고 싶었다.

아프다는 걸 표현하지 못하는 아버지의 고통도 이쯤에서 끝내 주세요.

미안하다, 보고 싶다는 말을 못해서 싫어하는 머릿고기밖에 먹지 못하는 이 가여운 사람을 그만 자유롭게 해주세요.

"아버지, 이제 그만하세요…… 제발요."

두 손으로 감싸 쥔 그 발등 위로 굵은 눈물이 뚝뚝 떨어졌다.

피범벅이 된 수건 옆에 툭 하고 골프채가 떨어졌다. 휘청대며 방으로 들어가는 아버지의 뒤로 길게 남은 핏빛 발자국이 가슴을 도려내는 것처럼 나를 아프게 했다.

며칠 뒤 아파트 앞 재활용 쓰레기통 옆에 나온 골프채가 말주변이 없는 아버지의 긴 이야기를 대신해주었다.

남들 이목 때문에 구색을 맞추려 샀던 그 골프채 같은 인생을 살지 마라.

보리차로 채운 가짜 양주 같은 그런 가치 없는 인생을 살지 마라.

무엇보다 네 애비 같은 인생을 살지는 마라.

그 힘든 말들이 아로새겨져 있었다.

아버지는 그렇게 나를 놓았다. 내가 대학생 형들과 함께 몽골의 사막화를 막는 나무 심기를 하며 일 년 동안 생활해보고 싶다고 하자 아버지는 군말 없이 보호자 동의서에 서명해주었다. 아버지가 몽골 행을 그렇게 쉽게 허락한 것은 전혀 기대하지 못했던 일이었다. 미성년자인 내가 갈 수 있을지 담당자와 장시간 통화하며 세부 내용을 속속들이 알아보기까지 했다는 사실을 나중에서야 듣게 되었다.

아버지는 아버지의 방식으로 나를 놓는 법을, 그리고 다시 붙잡는 법을 배우기 위해 애쓰고 있었다.

몽골이라…….

왜 몽골이 떠올랐을까?

아마 벙커가 게르와 같다는 메시의 말을 가슴속에 담아 두고 있었기 때문이 아닐까?

어차피 내가 숨을 곳은 이 땅 어디에도 없었으니 또다시 벙커가 필요하다면 이왕이면 더 커다랗고 넓은 곳이었으면 하는 바람이었다. 어깨를 부딪치는 사람이 없고, 탁 트인 드넓은 벌판이 있고, 하루에 단 한 마디의 쓸데없는 말도 없이 오로지 내 안의 소리를 들을 수 있는 곳이라면 어디라도 좋았다. 그곳에서 일 년 동안 매일 나무에 물을 주고 초원을 거닐면서 내 얘기를 들어 보는 것도 좋을 것 같았다.

모든 걸 정리하고 마지막으로 학교에 가던 날, 나는 담담히 교실로 들어갔다. 뒷문으로 들어섰건만 모든 아이들의 눈이 일제히 내게 쏠렸다. 나는 쭈뼛거리는 윤석을 불러 세웠다.

"우윤석."

"어, 어……?"

"무슨 말부터 해야 할지 모르겠는데, 여기 삼만오천 원이랑 네 휴대폰."

"이게 뭐, 뭔데?"

"너한테서…… 빌린 거."

글쎄, 너한테서 빼앗은 거라고 해야 하겠지만.

지난 며칠 동안 책상을 정리하면서 발견한 한 권의 노트에는 기억나지 않는 나란 아이의 숨겨진 이야기들이 빼곡히 적혀 있었다.

민석이에게서 돈을 뜯었다.

그런데 그 자식은 우윤석의 돈을 뜯는 녀석이었다.

만 원짜리 한 장을 쥐여 주며 남은 돈은 챙기라고 하니 윤석이의 얼굴이 헤벌쭉 벌어졌다.

짜식아! 그거 네 돈이다!

그런 식의 웃기지도 않는 논리를 따라가다 보니 슬그머니 웃음이 나왔다.

"스승의 날 행사할 때 빌린 돈이잖아. 기억 안 나?"

윤석의 얼굴이 새하얘졌고 뒤에서 쑥덕거리는 아이들의 이야기가 들려왔다.

"야! 내 말 맞잖아. 하균이 새끼 정신이 나갔다니까. 지 엄마
도 몰라본대."

"저 자식 완전히 맛이 갔나 보네."

슬쩍 고개를 돌려 바라보니 윤석이 움찔하며 한발 뒤로 물려
나는 게 느껴졌다.

"미안했다."

문을 나서자 벌떼처럼 몰려나와 내 뒷모습을 쳐다보고 있을
아이들의 얼빠진 얼굴이 느껴졌다. 그 웅성거림을 뒤로하고 걸
어 나오는 길의 한갓진 곳에 때 이른 코스모스가 무리지어 피어
있었다. 아직 때가 아닌 나이에 학교를 떠나는 나를 위해 누군
가가 심어놓은 이별의 화환이었다.

그리고 익숙한 길이 시야에서 사라졌다.

게르

차가운 바람이 분다.

눈을 뜨자 드넓은 풀밭이 펼쳐졌다.

사람의 흔적조차 없는 날것 그대로의 길이다. 낯선 이의 발걸음을 슬며시 붙잡으며 발목 위까지 긴 풀들이 차올라있다. 바지의 아랫단이 촉촉이 젖어 들지만 괜찮다. 눈을 돌리면 끝없이 펼쳐진 초원과 듬성듬성 풀을 뜯고 있는 말들, 그리고 두 뺨에 발갛게 익은 복숭아 한입씩을 붙여놓은 듯한 순수한 아이들
…….

이곳은 몽골이다.

빈 물통을 들고 내 곁을 스쳐 가는 저 검게 탄 얼굴은 우리 엄마다. 모든 것을 다 내려놓고 아들과 함께 낯선 땅 몽골 행을 결

심한 대단한 사람이다. 엄마는 아들을 놓치지 않기 위해 인생에서 일 년쯤 지운다 해도 상관없다 했다. 하지만 지금 보니 그 말도 순 거짓말인 모양이다.

"매니저가 제일 끝줄부터 물 주라잖아요."

"여기 있는 애들이 더 급한 애들인걸."

"순서대로 해야 두 번 주는 애들이 없죠."

"말라죽어 가는 애들이 먼저야."

"아줌마, 진짜!"

엄마의 눈이 동그래졌다. 내가 장난치듯 아줌마라고 부를 때 또다시 정신줄이 오락가락하는 줄 알고 엄마의 마음이 덜컹 내려앉는다는 걸 알면서도 이 농담을 멈출 수가 없다.

엄마는 눈을 흘기면서 다시 물을 뜨러 걸어갔다.

제일 마지막 나무에 물을 주기 위해 무려 300미터를 걸어가서 물을 길어 날라야 하지만 여기 있는 그 누구도 그 길을 힘들다 불평하지 않는다. 호스나 기계를 이용해 더 효율적으로 물을 주는 게 어떠냐고 묻는 사람도 있지만 몇 번 그 답답한 일을 하다 보면 자연스레 그 이유를 알게 된다.

그 먼 거리를 걸어야 중간중간 빠뜨린 어린 묘목들을 살피게 되고, 조금씩 자라나는 나무들을 살펴볼 수 있다는 걸 몸으로 깨닫는 것이다.

아침에 눈 뜨면 물 한 컵으로 양치하고 세수한 뒤 나무를 돌보는 단순한 일상이다. 이 단순한 일을 위해 모든 것을 내려놓고 온 수많은 사람들 중에 그 누구보다 이곳을 좋아하는 사람은 우리 엄마였다. 엄마가 혼자 있을 남편보다 문제아 아들이 우선순위여서 몽골 행을 결심한 게 아님을 이곳에 와서야 깨달았다.

우리가 떠나던 날 아침에도 아버지는 아무 말 없이 평상시처럼 출근했다. 공항까지 배웅을 나오는 그런 드라마 같은 일은 일어나지 않았다. 아버지가 바뀌는 건 쉬운 일이 아닐 것이다. 아버지의 냉골 같은 성격도, 폭력성도 하루아침에 바뀌지 않을 것이기에, 우리 두 사람을 보내주는 이 일이 아버지의 입장에서는 얼마나 대단한 노력인지를 나는 잘 알고 있다.

엄마가 나를 다독이며 말했다.

"모든 게 하루아침에 바뀌지는 않을 거야. 어쩌면 바뀌지 않을 수도 있어. 그렇다고 모든 걸 너 혼자 해결할 수는 없는 거야. 무거운 짐은 여기 두고 너는 홀가분한 마음으로 떠나도 돼. 아버지의 마음도 아버지에게 맡겨두고, 시간의 문제도 시간에게 맡겨두고."

엄마는 짐 가방에서 손거울을 꺼내며 말했다.

"몽골 사람들은 거울이 없어서 서로의 얼굴을 봐준단다. 눈곱이 꼈는지, 땟물이 묻었는지 서로가 서로의 거울이 되어 준다더라. 뭐, 거기 가면 화장할 일도 없는데 이것도 짐만 되겠다."

나는 나중에서야 그 말에 담긴 의미를 깨달았다.

그 말대로 엄마는 늘 내 얼굴을 열심히 들여다본다. 내가 어떤 생각을 하는지, 어떤 감정을 느끼고 있는지 들여다보고 이해하려고 무진장 노력 중이란 걸 알고 있다. 나도 가끔 엄마의 잠든 얼굴을 유심히 바라보는데 엄마도 마침내 자기만의 벙커를 찾아 그 속에 평화롭게 깃든 얼굴이다.

보이지 않는 내 얼굴도 그러하리라고 믿는다.

또다시 강바람처럼 시원한 바람이 분다. 벙커 안으로 그 청량한 바람이 불어온다.

지상에서 인간이 가질 수 있는 가장 큰 벙커, 내 마음속으로 바람이 분다.

나는 언제부터인가 달음박질하는 심정으로 하루하루를 살아왔다.

괴로움 속에서 날개가 돋아나길 기다리느니 잰걸음으로 후딱 지나가버리는 게 나을 것 같아 늘 바삐 뛰어다녔다. 돌이켜 보면 나는 어린 시절부터 무언가를 쫓지 않으면 좀이 쑤시는 아이였다.

어렸을 때는 보자기를 뒤집어쓴 채 슈퍼맨 흉내를 내며 소독차를 쫓았고, 단발머리 소녀 시절엔 만화책을 독차지하고 더디 읽는 친구를 들볶으며 쫓아다녔다. 그리고 서른을 훌쩍 넘긴 지금의 나는……이제 정박지에 멈춰 선 한 척의 배가 되었다. 늘 쫓거나 쫓기는 마음으로 살아온 내게도 커다랗고 단단한 닻이 생겼다. 그 닻은 어딘가에 묶이는 것을 늘 불편하게만 여겼던 내게 처음으로 멈춰 서는 법을 가르쳐주었다.

내 인생의 닻이 되어준 너에게 고백한다.

나는 너로 인해 정박지에서의 안온함을 즐길 수 있게 되었고, 나를 뒤흔드는 인생의 파도 속에서도 더 큰 바다를 바라보고 준비할 수 있는 밝은 눈을 갖게 되었다. 끊임없이 흔들리며 무언가를 뒤쫓던 과거의 나와 고요히 멈춰 선 지금의 나를 받아들이고 사랑하게 되었다. 늘 불안하게 흔들리던 나의 바다는 너를 만나고 비로소 아름다워졌다.

『마음이 쉬어가는 곳: 벙커』는 그렇게 멈춰 서서 닻을 내리고 쓴 첫 번째 이야기이다.

수차례 꼬인 실을 풀었다가 다시 뜨는 뜨개질처럼 어느 한 부분에 막혀 주춤거리다가도 이내 마음을 다잡고 이야기의 실을 엮어 나갔다. 잘못 뜬 실을 풀어 나가는 사이 생각은 또다시 산을 이루고 바다를 이루었다. 그리고 내 안에 갇혀 있던 그 생각들이 떨어져 나와 마침내 한 편의 소설이 되었다. 이야기는 내 손을 떠나 독자에게로 갔다. 이제 나는 깊은 안도의 한숨을 내쉬며 지켜볼 뿐이다. 다만 독자들에게서 자신의 벙커를 찾았다는 소식이 들려온다면 더없이 기쁘겠다.

고마움을 전할 사람은 수없이 많지만 말주변이 없어 가슴에 담아둘 생각이다. 다만 가까이 있어 더 쑥스러운 두 사람에게만은 글로 마음을 대신하고 싶다. 글을 수정하는 내내 전국구 순둥이가 되어 깊은 잠을 자준 아들 현제와 늘 설익은 초고를 읽느라 애쓰는 송영호 선생님에게 감사의 인사를 전한다.

2013년 6월
추정경

벙커 마음이 쉬어가는 곳

초판　1쇄 발행 2013년　6월 24일
**　　　13쇄 발행** 2019년　4월　4일
개정판　1쇄 발행 2020년　10월 13일
**　　　7쇄 발행** 2024년　5월 29일

지은이 추정경
펴낸이 김선식

부사장 김은영
콘텐츠사업본부장 임보윤
콘텐츠사업10팀장 김정택　**콘텐츠사업10팀** 이슬
마케팅본부장 권장규　**마케팅2팀** 이고은, 배한진, 양지환
미디어홍보본부장 정명찬　**브랜드관리팀** 안지혜, 오수미, 김은지, 이소영
뉴미디어팀 김민정, 이지은, 홍수경, 서가을
크리에이티브팀 임유나, 박지수, 변승주, 김화정, 장세진, 박장미, 박주현
지식교양팀 이수인, 염아라, 석찬미, 김혜원, 백지은
편집관리팀 조세현, 김호주, 백설희　**저작권팀** 한승빈, 이슬, 윤제희
재무관리팀 하미선, 윤이경, 김재경, 이보람, 임혜정
인사총무팀 강미숙, 지석배, 김혜진, 황종원
제작관리팀 이소현, 김소영, 김진경, 최완규, 이지우, 박예찬
물류관리팀 김형기, 김선민, 주정훈, 김선진, 한유현, 전태연, 양문현, 이민운

펴낸곳 다산북스　**출판등록** 2005년 12월 23일 제313-2005-00277호
주소 경기도 파주시 회동길 490
전화 02-704-1724　**팩스** 02-703-2219　**이메일** dasanbooks@dasanbooks.com
홈페이지 www.dasan.group　**블로그** blog.naver.com/dasan_books
용지 아이피피　**인쇄** 상지사　**후가공** 제이오엘엔피　**제본** 상지사

ISBN 979-11-306-3183-7 (43810)

다산북스(DASANBOOKS)는 독자 여러분의 책에 관한 아이디어와 원고 투고를 기쁜 마음으로 기다리고 있습니다. 책 출간을 원하는 분은
다산북스 홈페이지 '투고원고'란으로 간단한 개요와 취지, 연락처 등을 보내주세요. 머뭇거리지 말고 문을 두드리세요.